KARL HEINRICH WAGGERL · DIE PFINGSTREISE

KARL HEINRICH WAGGERL

DIE PFINGSTREISE

ERZÄHLUNGEN

OTTO MÜLLER VERLAG IN SALZBURG

9. Auflage
61.—65. Tausend

ISBN 3-7013-0006-2

Schutzumschlag: Farbdia von K. H. Waggerl
GEDRUCKT UND GEBUNDEN BEI R. KIESEL, SALZBURG

INHALT

DIE PFINGSTREISE

Es ist nun so still geworden, zuweilen wird mir bang in dieser Stille. Dann schaue ich um mich, überblicke gleichsam mein Leben wie von einer Anhöhe herab, die ich langsam und in langer Zeit erstieg und auf der ich jetzt eine Weile verhalten darf, ehe ich mich gegen Abend wenden muß, um in den Schatten hinunterzuwandern. Ich verfolge die Trittspur meines Daseins hinter mir, und es rührt mich sehr, daß ich einen so wunderlichen und mühsamen Weg gegangen bin, während ich doch meinte, immer geradeaus zu eilen, immer aufwärts. Aber der Berg, den ich mir von fernher als Ziel versprach, war kein hoher, glänzender Gipfel, nur ein Hügel zuletzt, zwischen anderen.

Freilich, die Gefährten meiner Wanderschaft trieben es nicht besser, die klügeren überholten mich, die dümmeren blieben zurück, und so verlor ich die meisten ganz aus den Augen in der weglosen Wildnis. Vielleicht liegt ja der Unterschied zwischen den Leuten überhaupt nur darin, daß die Törichten immer wieder dieselben Dummheiten machen, die Gescheiten immer wieder neue.

Gleichviel, meine Tage gehen so hin, der Winter war lang und düster, aber nun wäre doch der Frühling gekommen, und ich laufe noch immer umher und weiß nichts Rechtes anzufangen. Ich schaue den Ameisen zu, den Sträuchern, wie sie sich eifrig begrünen, Gott verzeihe mir, daß ich selber die Ewigkeit so Stück für Stück vergeude. Was ist mit den Ameisen, rennen sie etwa auch hinter der Wahrheit her wie meinesgleichen? Nein, denn die Wahrheit ist kein Käfer, den man mit List und Glück erjagen muß, sondern sie liegt in der eigenen Brust verborgen, und nirgends sonst ist sie zu finden.

Zur Abendzeit, wenn es dämmert, gehe ich gern noch über das Feld zum Nachbarn hinüber. Bei gutem Wetter finde ich ihn im Garten, dort steht er verdrießlich vor den Beeten und bohrt mit dem Finger in der Erde, als wollte er die Pflänzchen unterwärts kitzeln, aber wahrscheinlich tut er das nur, weil es ihn ärgert, daß der Salat so langsam wächst. Große Gedanken bewegen ihn nicht dabei, denn er ist Maler.

Mit Leuten dieses Handwerks verstand ich mich immer schon gut. Sie leben alle so unverhohlen, so eindeutig und unbeschwert, weil ja bei ihnen, was sie ausdrücken möchten, nicht über die Zunge gehen muß, sondern durch die Hand, und das kann nicht eben viel sein. Um Bücher zu schreiben, muß man verschlagener sein. Kein Dichter könnte von dem leben, was wirklich zu sagen wert ist, das wäre mit einem Atemzug getan. Sondern es ist das Überflüssige, was ihn reichlich nährt, wenn er es nur so einrichten kann, daß die Leute glauben, es liege an ihnen, so oft sie nichts verstehen, weil nichts gesagt wurde.

Der Meister sieht es gern, daß ich ihn besuche. Er hat sonst wenig Zuspruch im Dorf, freilich immer noch mehr als ich. Denn für ihn gibt es doch dann und wann eine Schützenscheibe anzumalen oder ein Grabkreuz, während mir solche Gelegenheiten selten etwas einbringen. Das Reimen ist überhaupt nicht meine Stärke und darum, weil der Meister weiß, daß ich keine Zettel mit Gedichten in der Tasche trage, kann er ungestraft zu gelegener Zeit ins Haus gehen und ein Bild herbeiholen, um mir zu zeigen, was er untertags gemalt hat.

Er heftet das Blatt an den Zaun, als ob es eben noch ein wenig trocknen müßte, und wenn ich Lust habe, ihn zu ärgern, betrachte ich es lange und schweige bedeutsam. Aber das tue ich nur selten, weil der Meister gewöhnlich auch eine Flasche mitbringt, und nur, wenn ich ihn lobe, wird mir sofort der Lohn ins Glas geschenkt.

Eine gute Weile hocken wir dann wohl nebeneinander auf einem Karren, zu sagen ist nichts mehr, und es geschieht auch nichts, außer daß die Sonne untergeht. Schweigen ist ein köstlicher Genuß, aber um ihn ganz auszuschöpfen, muß man einen Gefährten haben. Ein Mensch allein ist nur stumm, mit sich selber kann er nicht schweigen und, was noch verdrießlicher ist, auch nicht schwätzen. Ein Glück für redselige Leute, daß wenigstens der liebe Gott allgegenwärtig ist und sich geduldig von jedermann ins Wort fallen läßt mit Beten oder Fluchen.

Nun ist aber der Frühling vorbei, die Tage werden lang, und der Meister fängt zu klagen an. Die Gegend ist ihm zu grün geworden, sagt er, so viel Grünes könne man nicht malen. Und immer nur Apfelbäume und Gras auf den Wiesen und Kühe, die das Gras wieder abweiden, nein, es sei an der Zeit, einmal etwas zu wagen. Jetzt müßte man sein Weniges zusammenschnüren, das Gatter hinter sich zuschlagen und auf die Wanderschaft gehen.

Das meine ich ja auch, aber dergleichen will überlegt sein. Ich bin kein Zigeuner, sondern ein gesetzter Mensch, die Jahre der verwegenen Abenteuer sind vorüber. Also müßte es eine geruhsame Reise werden, wie es früher bei unserer Zunft Brauch war. Ein jeder hätte sein Handwerkszeug bei sich, und wo immer einen der Geist überkäme, könnte man sich niederlassen und die Werkstatt aufschlagen. Der Meister würde im Schatten sitzen und seinen Kram um sich herum ausbreiten, und ich fände inzwischen auch leicht, was ich brauche, meine Kunst ist ja viel weniger umständlich. Ein Zettel genügt mir, ein Endchen Bleistift, um etwas aufzuschreiben, ein paar eilige Worte, wenn mir ein guter Gedanke zufliegt, oder einen Vers, wenn es ein weniger guter Gedanke ist.

So müßten wir es halten. Weil es aber langweilig wäre, immerfort Bilder zu malen oder Verse zu machen, wenn es niemand gäbe, der sie geduldig betrachtet und anhört, darum sollten wir auch jemand mitnehmen, ein gemütliches Wesen, das uns auch leiblich in Ordnung hielte, was die Sauberkeit betrifft und alles, worin Männer unter sich so leicht säumig werden.

Ein Mädchen, sagt der Meister verständnisvoll. Aber ein hellhaariges, fügt er hinzu.

Gut, auch das. Mir gefielen zwar früher einmal die schwarzhaarigen besser, aber so wählerisch bin ich nicht mehr, seit ich Mühe habe, selber zu gefallen.

*

In der Pfingstwoche ist es so weit, einmal am zeitigen Morgen rollt unser Wagen ins offene Land hinaus. Der Meister sitzt schweigsam neben mir, und ich bin selbst ein wenig verstimmt, wir sind schon bei der Abreise wegen des Mädchens aneinandergeraten. Es war mir schwergefallen, ein passendes zu finden. Anfangs dachte ich ja, daß ich noch von früher her einen genügenden Vorrat besäße und nur zu wählen brauchte, aber ich weiß nicht, woran es liegen mag, es war nicht so. Damals, als ich noch Feuer im Blute hatte und schon beim geringsten Anhauch in Brand geriet, damals zögerte selten eine, sich solchen Gefahren auszusetzen. Jetzt aber fand jede etwas zu bedenken, vielleicht überschlugen sie auch nur die Sache im Kopf und rechneten flink nach Weiberart: ein Mann ist mehr Mann als zwei Männer.

Jedenfalls hielt ich es für richtig, daß unser Fräulein neben mir zu sitzen käme, damit es mehr Kurzweil hätte und alle Ärgerlichkeit verlöre. Aber der Meister sagt, es sei an ihm, ängstlich zu sein, wenigstens solang er mir sein Leben anvertraue, er kenne meine Gewohnheit, zur Unzeit die Augen zu verdrehen.

Wahr ist jedoch, daß mich nichts beirren kann,

solang ich am Steuer sitze. Was der Meister meint, hängt eher damit zusammen, daß es überhaupt meine Art ist, die Dinge an mich herankommen zu lassen, auch Ecksteine oder Wachleute, oder was einen sonst im Leben zu raschen Entschlüssen nötigt.

Übrigens erntet der Meister wenig Gewinn aus seiner Hinterlist, mein Wagen duldet kein müßiges Getändel und Geplauder unter seinem Dach. Er ist nicht einer von den Vornehmen, die wie ihre Besitzer jeden Laut, der ihnen entschlüpft, gleichsam mit der Hand vor dem Mund abdämpfen, sondern, wenn er seine Arbeit verrichtet, dann ist es auch deutlich zu hören, und das gefällt mir an ihm, ich mag die Leisetreter nicht. Oft überrascht er mich mit allerhand Späßen, er liebt es, plötzlich in sein Horn zu stoßen, wenn es niemand erwartet, oder er läßt mich raten, was die vielerlei wunderlichen Geräusche bedeuten, die er mit der Kunst eines Bauchredners in seinen Eingeweiden erzeugt. Der Meister freilich muß sich bequemen, mit Gebärden auszudrücken, was er sagen will, aber das lernt er bald. Er hebt sich vom Sitz und flattert mit den Armen, wenn ein seltener Vogel vorbeigeflogen ist, oder er krault mit den Fingern in der Luft und damit mag etwas Buschiges gemeint sein, der Baum, auf den sich der Vogel gesetzt hat.

Ich für meinen Teil halte mich an meine Pflicht, ich darf keinen Blick nach rechts oder links werfen und noch weniger hinter mich. Das wäre auch unnötig, denn für diesen Zweck ist über mir ein Spiegel angebracht, der mich rechtzeitig warnt, wenn sich hinterrücks etwas Gefährliches zeigt, sei es auch nur ein dunkles Augenpaar oder ein schön geschwungener Mund.

*

Inzwischen ist das Land welliger geworden, der Wagen wiegt sich gleich einem Schiff auf der sanften Dünung langgestreckter Hügel. Ich verhalte die Fahrt ein wenig, denn das rührt mich an, ich habe lange nicht mehr solche Äcker gesehen. Hier wäre es eine Freude, Bauer zu sein und hinter dem Gespann zu gehen, kein so mühseliges Fuhrwerk wie bei uns daheim. Unabsehbar die Felder ausgebreitet, eines sauber an das andere gefügt mit der zierlichen Naht der Zäune. Starke Farben dazwischen, das schmetternde Gelb von Raps und ab und zu ein Gehölz, nur des Gefallens halber, weil es den Bauern freut, auch einen Schopf Wald auf seinem Grund zu haben.

Verständige Leute leben hier, sie haben sich ihr Land wohnlich eingerichtet, aber bedächtig und wie es das Herkommen verlangt. Die Wasserläufe haben sie in die Niederungen gezogen und da und dort zu Fischteichen ausgeweitet, aber die Höfe setzten sie auf den Hang oder auf die Kuppen. Der Vorfahr dachte an Kind und Enkelkind, er sparte nicht mit Mauerwerk und pflanzte auch einen Nußbaum vor das Haus, damit die Späteren noch etwas zu knacken hätten. So leben sie unter sich, schon den nächsten Nachbar halten sie sich vom Leibe. Zu ihm führt ein Feldweg hinüber, in weit ausladenden Schwüngen, damit Haß und Liebe Zeit haben, sich unterwegs zu bedenken, und dazwischen ist ein Heiligtum aufgestellt, das soll den Frieden schützen.

Der Meister wird unruhig, er klopft mir auf die Schulter und schreibt mit dem Finger in der Luft, soll das heißen, daß er hier bleiben will? Ich kann rundum nichts Merkwürdiges entdecken, nichts Malerisches nach meinem Geschmack, aber ein wenig weiter stehen etliche Bäume an der Straße, dort halte ich an. Der Meister kriecht noch einmal in den Wagen hinein, er fängt zu graben an, und was er findet, schaufelt er wie ein Maulwurf hinter sich, eine Unmenge Zeug durcheinander, ein Brett zuerst, Schachteln und Flaschen. Viel Aufwand, vergleichsweise, wenn man überlegt, wie bescheiden die anderen Künste sich halten. Ein Seufzer genügt in meinem Fach, ein Blick zu den Sternen.

Der Meister hingegen scheint zu glauben, daß die Welt nur geschaffen worden sei, um hinterher gemalt zu werden. Eine Weile läuft er suchend am Waldrand entlang, unwillig brummend taucht er in die Büsche und wühlt sich anderswo wieder heraus — sonderbar, das Fräulein schaut mich fragend an. Nein, sage ich, es ist nichts Ungehöriges, was er vorhat. Es ärgert ihn nur, daß die Bäume zu dick sind oder zu hoch gewachsen, jedenfalls stehen sie niemals dort, wo sie nach seiner Meinung hingehören.

Übrigens, was mich betrifft, so wollte ich immer noch lieber Bäume versetzen als ein Frauenzimmer unterhalten, hier auf der Landstraße, wo ich nichts zur Hand habe als meinen geringen Witz und die nackte Natur, ratlos wie Adam, nachdem ihm Eva beschert worden war und er merkte, um wieviel sorgloser er vorher leben konnte, solang er nur von seiner eigenen Langeweile geplagt wurde.

Aber wie im Paradies erklärt auch diese Eva,

sie wolle sich auf ihre Art vergnügen, und ich, nur um sie für den Augenblick loszuwerden, setze als ein anderer Adam sogleich meine künftige Seligkeit aufs Spiel. Sie wisse wohl, sagt das Fräulein mit einem rätselhaften Lächeln — und ich hätte ihr früher schon erklärt, daß der schaffende Geist, wenn er sich entzünde, schon durch den Hauch eines unbedachten Wortes wieder verlöschen könne.

Möglich, daß ich einmal dergleichen Worte gebraucht habe. Man soll Frauen nicht mit Redeblüten beschenken. Sie bewahren jedes Wort lang und heimlich in ihrem Busen, und unversehens hat man es, zum Pfeil gespitzt, wieder im eigenen Fleische stecken.

Nun bin ich also allein und hätte das Beste zu hoffen, wenn zu glauben ist, was man von anderen Dichtern hört, daß sie auf einem Steine sitzend unsterblich wurden. Aber nichts Ewiges, nichts Erschütterndes will sich in meinem Kopf einfinden, wie immer währt es nicht lange, bis ich mich im Allernächsten verloren habe. Ich fange an, die Gräser vor meinen Augen genau zu betrachten, ein gieriger Eifer überkommt mich, diese winzige Welt aus Moos und Gestrüpp mit den Augen zu durchdringen und zu entwirren, als könnte ich das Maß der Dinge im Kleinsten und Geringsten finden, das letzte Geheimnis, dem ich zeitlebens nachgetrachtet habe, freilich vergebens. Es ist schon so, die hohen Flüge sind mir versagt. Ich muß auf der festen Erde bleiben, auf der gemeinen Straße des Daseins, an ihrem Rande muß ich mein Handwerk üben. Vielleicht, wenn ich mir nur ein gutwilliges Herz bewahren kann, daß es mir doch dann und wann gelingt, etwas Freundliches zu entdecken und etliche im Vorübergehen damit zu trösten, wenn ihnen Staub und Mühsal das Herz verfinstert haben.

Aber allmählich wird mir dabei die Zeit zu lang. Ich schiele nach dem Meister hinüber, er steht unter einer Föhre und hat es auch nicht leicht, seine ganze Kunst muß er an diesen Hügel verschwenden, dieses Denkmal der Langeweile, das dem Schöpfer aus der Hand gefallen sein mag, als er eben ein Gähnen unterdrückte.

Oft habe ich dem Meister bei seiner Arbeit zugesehen, widerstrebend jedesmal und schließlich doch von diesem wunderbaren Vorgang berückt. Ganz ungeschickt bin ich ja selber nicht. Wenn es zutrifft, daß man die eigenen Fehler und Vorzüge ungescheut den Vorfahren auf ihre jenseitige Rechnung setzen darf, dann verdanke ich wohl meinem Vater ein angeborenes Vermögen, die Dinge im Umriß zu erfassen und in ihren Verhältnissen abzuschätzen. Als der Vater in seiner Jugend bei den Kanonieren diente, hat er mancherlei in ein Buch gemalt, Geschütze und Waffen, auch ein Frauengesicht dazwischen, das ihm gefallen haben mochte. Alles aber mit einer unermüdlichen Sorgfalt, mit dem spitzesten Bleistift und so wunderbar getreu, daß man jede Schraube an einer Lafette und jedes Haar an der Braue seines Mädchen zählen konnte. Später vergaß er diese Kunst, es geschah nur selten einmal, daß er mir bei meinen kindlichen Versuchen zu Hilfe kam. Dann beugte er sich über mich, der ungefüge Mann mit seinem lauten Atem, und mein Herz klopfte wild, wenn ich sah, wie seine Hand behutsam den Stift führte und durch einen unbegreiflichen Zauber Form und Ordnung in das Gewirr meiner Linien brachte. Ich hatte etwa ein Schweinchen in den Kalender zeichnen wollen, was möchtest du machen, sagte der Vater, was soll das werden? Und dann wirkte er das Wunder vor meinen Augen. Was ich selber machte, war ja nur dann ein Schwein, wenn ich es so nannte, aber dem Vater gelang etwas Wirkliches, und auch die Nachbarin erkannte es sofort, wenn ich mit dem

Blatt zu ihr gelaufen kam — sieh an, sagte sie, da hast du ein prächtiges Schwein gemalt!

Unversehens glückte dann der Zauber auch meiner eigenen Hand, und das war ein betäubendes Ereignis, als sei ich plötzlich allmächtig geworden. Ich entsinne mich genau des Ortes und der Stunde, aber was mir eigentlich geschah, weiß ich auch heute noch nicht zu erklären, das ist ein Geheimnis geblieben. Damals lief ich wie im Rausch umher und bevölkerte die Gegend mit meinem Getier, ich besaß ungeheure Herden von Schweinen und Rössern, die Leute konnten sich des Segens auf ihren Hausmauern kaum noch erwehren.

Später gewann ich einiges dazu, aber es vergingen viele Jahre, bis ich einsehen lernte, daß ich doch nicht allmächtig sei. So viele Hoffnungen ich begraben mußte, keiner habe ich länger und bitterer nachgetrauert als der einen, daß ich ein großer Maler werden könnte. Und noch jetzt, wenn sich die Worte nicht fügen wollen, ist es mir ein wehmütiger Trost, zu denken, ich hätte mich eben doch am Anfang im Werkzeug vergriffen.

Freilich, meine geringen Gaben sind mir trotzdem erhalten geblieben, das Glück des Bildens mit der Hand. Noch immer kann es mich sehr erschüttern und rühren, wenn es mir gelingt, einen

Käfer geduldig nachzumalen, ein Blumenblatt mit allen Adern und Härchen, obgleich es doch nur ein mühsames Buchstabieren ist, nicht die beschwingte Schrift der Eingebung.

Darum ärgert es mich ja, wenn ich zusehen muß, wie es der Meister treibt. Nichts ist leichter, als Himmel und Erde zu schaffen, alles fließt ihm wie zufällig aus der Hand, und ich kann nie erraten, was ihm im nächsten Augenblick einfallen wird. Dieses schwierig abzuschätzende Dunkle unter dem Wald, dieser zwiefarbene Schein am Himmelsrand — um das zu treffen, würde ich Gelb nehmen, eine Spur vom Rot vielleicht, vorsichtig darunter gemischt. Aber nein, grob und ohne recht hinzusehen, stößt der Meister mit dem Pinsel in die Näpfe, einerlei, welche Farbe er trifft, es ist doch genau die richtige. Ein rotes Scheunendach, ein blinkender Wasserfaden, ich sehe das alles nicht so und dennoch ist es auf eine rätselhafte Weise wahr, eine neue schönere Wirklichkeit.

Wieder einmal meine ich, dem Geheimnis auf der Spur zu sein. Man muß das meiste dem Zufall überlassen, denke ich, dem Glück, ich bin nur zu zaghaft, das ist der Grund.

Verstohlen suche ich mein Malzeug im Wagen

zusammen und setze mich abseits am Ufer eines Wässerchens zurecht.

Anfangs läßt sich die Arbeit nicht übel an. Ich nehme das satteste Blau für den Himmel, und diese Kühnheit lohnt sich auch sofort, denn es bleibt mir eine weiße Wolke darin stehen, wie geschenkt, es ist gar keine Wolke am Himmel. Jetzt den Hügelkamm darunter, ein wenig zu gewagt im Schwung, nicht ganz naturgetreu, aber dafür kräuselt sich ein Wäldchen ganz von selbst ins Feuchte hinein. Das Glück des Gelingens reißt mich fort. Ich kann des Zustroms an Einfällen kaum noch Herr werden. Es ist, als liefen mir Baum und Busch entgegen und stellten sich gefällig zurecht, damit sie auch noch ins Bild kämen. Verschwenderisch teile ich Schönheit aus; soviel in meiner Macht liegt, soll geschehen, um dieser kümmerlichen Gegend ein wenig aufzuhelfen. Ein schmächtiges Bäumchen nah vor mir lasse ich hoch aufschießen, ich schenke ihm auch eine füllige Krone dazu, zierliches Blattwerk in seinem Geäst. Und ganz zuletzt male ich noch einen Feldweg, den habe ich ausgespart, weil ich ihn besonders hübsch machen will, einen blumigen Pfad durch die Wiese. Aber eben dieser Weg wird mir zu einem Wurm des Mißtrauens. Ich muß die Arbeit ruhen lassen und ein wenig zurücktreten, um das Ganze mit einem Blick zu überschauen.

Das Ganze, ach, es ist ja kein Ganzes geworden, wieder nicht. Ich sehe es nun sofort mit einem bitteren Gefühl der Enttäuschung. Was mir in der trügerischen Nähe und im Werden so glücklich geraten schien, wendet mir jetzt sozusagen die Kehrseite zu: die Wolke am Himmel sieht aus wie ein flüchtendes Gespenst, und das Gekräusel über dem Hügel will auch kein Wäldchen mehr sein, sondern eben ein Mißgeschick.

Verdrossen setze ich mich wieder ins zerdrückte Gras und beschaue mein Machwerk voller Unmut. Weil es nun doch schon einerlei ist, was daraus wird, oder um es ganz zu verderben, tauche ich den Pinsel noch einmal in die schwärzeste Farbe und fülle das ganze Blatt mit allerlei sonderbarem Getier. Vorn auf den blumigen Weg stelle ich einen Hirsch. Mit dem absinnigen Blick, der gekrönten Häuptern eigen ist, starrt er vor sich hin. Um ihn ein wenig aufzumuntern, lasse ich einen Hund nach seiner Kehle springen. Aber den beachtet er nicht, etwas ganz anderes gibt ihm zu denken, ein Nebenbuhler, ein zweiter Hirsch. Dieses unheimliche Geschöpf verbirgt sich hinter dem Hügel, nur das mächtige Geweih ragt hervor und daraus läßt sich schließen, daß es ein riesengroßer Hirsch sein muß. Wenn die beiden zusammentreffen, kann es kein gutes Ende nehmen. Ich merke wohl, daß hier noch etwas fehlt, der Mensch, die ordnende Vernunft, die aus einer Wolke von Schießpulver spricht.

Während ich also den Jäger male, wie er eben anschlägt und die Kugel fließen läßt, tritt ein fremder Mann neben mir aus dem Wald. Dieser Mensch erschreckt mich sehr, weniger, weil er eine Asthacke unter dem Arm trägt, sondern weil er stehenbleibt, um mein Bild zu betrachten. Das Malen gehört zu den Geschäften, die ein schamhafter Mensch nicht verrichten kann, wenn er Zuschauer hat. In meiner Beklemmung versuche ich, das Beste zu retten, vielleicht läßt sich der Mann hinter mir versöhnlicher stimmen, wenn ich wenigstens den Jäger recht ansehnlich male, mit einem Bart unter dem Kinn, wie er selber einen trägt. Auf solche Art wäre noch manches gutzumachen, ließe sich nur dieser lächerliche Hirsch hinter dem Hügel verscheuchen.

Eine stumme Weile verharrt der Mann in finsterem Ernst, auf den langen Stiel seiner Axt gestützt, als wolle er die Untat bis zur Vollendung reifen lassen, und mir ist auch wirklich zumut wie einem, dem nur noch ein Vaterunser zu verrichten bleibt.

Aber plötzlich tut der Mann den Mund auf — schön! sagt er. Ein guter Hirsch! Der vordere weniger, aber der andere. Er versteht sich nämlich darauf, weil er einmal Wildhüter gewesen ist.

Auf solche Art kommen wir ins Gespräch. Es sei ja leider nicht mein bestes, was er hier sehe, erkläre ich ihm. Wenn das Papier nicht zu klein wäre, oder sonst noch Platz auf dem Bild, wollte ich ihm einen ganz anderen Hirschen malen, einen Achtzehnender meinetwegen, wie er seinerzeit nur dem Kaiser vor die Büchse kommen durfte.

Wohl, sagt der Mann und ist willens, mir alles zuzutrauen. Aber es muß einem gegeben sein. Er meint, was ihn beträfe, er würde lieber ein Klafter Holz mit dem Sackmesser klieben als nur den kleinsten Hirsch aufmalen.

Inzwischen ist auch der Meister herbeigekommen, die Neugier hat ihn von der Arbeit aufgescheucht. Er schwenkt sein Malbrett in der Hand und lehnt es zum Trocknen an einen Baum, und jetzt ist es wohl Zeit, daß ich Hirsch und Hund und Jägersmann verschwinden lasse, denn nun werden meinem bärtigen Freund erst vollends die Augen übergehen. Der Mann betrachtet auch das neue

Bild mit einem wägenden Blick, und dann nickt er dem Meister begütigend zu.

Auch nicht übel, sagt er.

*

In einem behäbigen Dorf, ein wenig abseits von der breiten Straße, wollen wir uns für die Nacht einrichten. Mich mutet es gleich freundlich an, daß wir im Brauhaus wohnen werden. Früher hatte man zuweilen die Laune, Kirche und Schenke gegeneinander zu stellen, damit der Wandersmann, wenn er Einkehr hält, sich ohne Umstände entscheiden kann, welchen Weg er gehen will, den einen, der in den Friedhof führt und von dort weg, so Gott will, in den Himmel, oder den anderen, der viel verlockender zwischen Bierfässern beginnt, aber in der Hölle endet, wenn es wahr ist.

Wir beiden Mannsleute wissen freilich zu gut, was uns von lange her für das Jenseits bestimmt ist, als daß wir noch zögern müßten. Aber unser Fräulein mag von Gottes Langmut noch etliches zu hoffen haben, ihr zu Gefallen bezwingen wir unseren leiblichen Durst und lassen uns fürs erste in das kühle Schiff der Kirche führen. Nicht zu weit von der Tür, auf dem Platz der Zöllner bleiben wir stehen, während das Mädchen unbesorgt an den Altar tritt, um das Gnadenbild mit Blumen zu versehen. Wenn sie etwa vorhat, auch für uns beide einen Ablaß zu erbitten, so kann das lange dauern. Der Meister schaut betreten vor sich nieder in den Hut, zu vieles blickt ihn mahnend an, die Heiligen alle, die Engel auf dem Kanzeldach, er zuckte schon vorhin schmerzlich zusammen, als ihm die Unschuld im Vorübergehen kaltes Weihwasser ins Gesicht sprengte. Ich selber bin ja besser an Kirchenluft gewöhnt, jahrelang diente ich am Altar und lästerte Gott mit meinem Latein, aber wer weiß, ob die Himmlischen in der Fremde ebenso nachsichtig sind?

Viel Zulauf von Männern scheint die Jungfrau auch sonst nicht zu haben, später treffen wir ihrer mehr in der Bierstube an. Es lebt ein friedfertiges, rundköpfiges Volk hierzuland, nicht eben sehr aufgeweckt, aber doch auch wieder erfinderisch, was zum Beispiel das Stopfen von Würsten betrifft. Der Meister gerät in Verzückung beim Anblick der Schüsseln, die uns aufgetragen werden. Er hat mir oft erklärt, wie es sich mit den Würsten verhält. Nach seinem Ermessen seien sie gewissermaßen Inbegriff und Urgestalt aller eßbaren Kreatur.

Nichts Überflüssiges um und um, kein lästiges Beiwerk an Knochen und Gliedmaßen, nur noch das köstliche Innere und die Haut, die es zusammenhält. Unbegreiflich, warum es der Schöpfer versäumte, den Würsten Leben einzuhauchen, damit sie auch von selber wüchsen und sich vermehrten.

Später am Abend läßt uns das Fräulein allein, aber das macht nichts aus, wir bleiben gern noch ein wenig in der dämmerigen Stube sitzen, mit etlichen Leuten und mit der schläfrigen Magd. Wem eigentlich mag der verwunschene Strumpf zugedacht sein, an dem alle müden Mägde endlos stricken, während der Pfeifenrauch um die Lampe zieht und die Zeit aus dem Hahn des Fasses tropft, die kostbare Schlafenszeit — ach, hoffen wir, daß dieses Gespinst aus Gähnen und Seufzen nicht dazu bestimmt ist, dereinst die zähen Zecher im Fegefeuer zu kleiden!

Aber nein, ein Mensch am Feierabend ist ja immer ein guter Mensch. Er hat den Arbeitsrock ausgezogen, in dem der Unfrieden nistet, und nun sitzt er da in Hemdärmeln, weiß geflügelt gleichsam, und hat lauter versöhnliche Gedanken im Kopf. Es ist ihm, als könnte er den Hader der ganzen Menschheit mit ein paar Worten schlichten. Besinnt euch doch einen Augenblick, möchte er sagen, nehmt euren Verstand zusammen! So ist es doch nicht, daß das Böse auf eigenen Beinen zwischen euch umherliefe wie ein reißendes Tier, sondern es hat nirgends einen Platz zwischen Himmel und Hölle. In euch selber brütet ihr es aus, es schaut mit euren Augen und redet mit eurer Zunge.

Wie ich es abends immer tue, trete ich noch ein wenig vor das Haus, weil ich doch nicht einschlafen kann, ohne ganz gewiß zu sein, daß die alten Bilder noch am Himmel stehen, Baum und Strauch noch auf der Erde. Die Stille lockt mich weiter über den Platz und die Häuser entlang. Es ist ganz dunkel in der leeren Gasse, aber ich merke, daß mein hallender Schritt allerlei Geräusche hinter mir aufweckt, ein Fenster klirrt, irgendwo flüstert und raschelt es in den Gärten, ach, meinetwegen brauchte niemand so eilig über den Zaun zu springen! Ich will ja nur zum Bach hinübergehen; als wir ankamen, sah ich dort einen Bekannten auf der Brücke stehen, einen alten Freund meiner Kindheit, Nepomuk mit Namen.

Aber sonderbar, auch er ist nicht allein. Möglich, daß in einer solchen Nacht selbst einen böhmischen Heiligen etwas Irdisches anfechten kann, es wäre auch weiter kein Wort darüber zu verlieren, wenn ich nicht sehen müßte, daß unser Fräulein bei ihm auf der Brücke steht. Wir wünschen einander guten Abend, ein wenig betreten, ja, seltsam, sagt das Mädchen, es war so schwül in der Kammer...

Wie verhält sich ein Mann von Lebensart in einer solchen Lage, ein gereifter Mann, wie hat er es zu deuten, wenn ein junges Mädchen zur Seite rückt, um ihm neben sich Platz zu machen? Wir lehnen auf dem Geländer und schauen in das schwarze, ziehende Wasser hinunter, und das ist auch wieder schwierig. Schließlich darf das Fräulein von mir erwarten, daß ich nun etwas Bedeutendes zu sagen weiß, hier, wo doch alles vorhanden ist, was ein Dichter braucht, zwei Menschen auf einer Brücke und der gestirnte Himmel darüber und die bodenlose Tiefe unter ihnen. Aber nichts will mir einfallen, nichts als eine alberne Geschichte, weit hergeholt.

Daheim, erzähle ich zögernd, wo ich aufgewachsen bin, hatten wir auch so einen Heiligen am Mühlbach stehen. Er sollte einen Steg bewachen, aber wahrscheinlich stand der Gottesmann zu tief in seinem Kasten, oder er verträumte sich, jedenfalls verschwand der Steg mit der Zeit, und der Heilige merkte gar nicht, daß er eigentlich schon seit Jahren brotlos war. Vielleicht wunderte er sich nur, daß gar keine Leute mehr bei ihm vorübergingen. Zuletzt hielt man ihn eben noch für fähig, daß er die Kinder hüte, wenn sie am Wasser spielten, und das tat er auch eifrig und rief ihnen manchmal etwas Warnendes zu, mit einer sonderbaren zwitschernden Stimme. Er trug nämlich eine faltige Mütze auf dem Haupt, darin nisteten Stare zur Sommerszeit oder Rotkehlchen, und wenn der kleine Vogel in seinen Kopf schlüpfte, war es, als bewegte Nepomuk die Lippen und sagte etwas Geschwindes in seiner fremden Sprache.

Einmal kam ein schreckliches Unwetter, und das wilde Wasser entführte den Heiligen samt seinem Kasten. Da mochte die Gemeinde doch nicht zulassen, daß sie zum Gespött der Nachbarn würde, weil ihr Wasserpatron entwichen war und vielleicht wie ein Seeräuber auf den Weltmeeren fuhr. Am andern Morgen zogen wir alle aus, um ihn zu suchen, die Geistlichkeit voran, die Schützen unter Gewehr und die Feuerwehr mit Stricken und Leitern. Wir erwischten ihn auch wirklich noch rechtzeitig, weil er in den Stauden vor Anker gegangen war, und dann brachten wir ihn mit großem Gepränge nach Hause. Neu angemalt und auf einen guten Lärchenpfosten gesetzt, versah er wieder geduldig sein Amt, nicht mehr so gesprächig wie vorher, aber mit einem schlauen Lächeln im Gesicht, weil es ihm doch gelungen war, ein wenig von der weiten Welt zu sehen ...

Nichts weiter, nichts Hintergründiges, ich verstumme wieder. Das Mädchen wendet sich zu mir und schaut mich an, in seinen dunklen Augen glimmt der Sternenschein, und das verwirrt mich plötzlich sehr. Mein Herz fängt heftig zu schlagen an und zugleich ist mir unsäglich angst. Ich möchte auf der Stelle etwas tun, ach, irgend etwas, es muß ja weithin zu hören sein, wie überlaut mein Herz klopft. Aber das ist es eben, darum pocht es ja, weil ich gar nichts wagen kann, wenn ich nicht weiß, wieviel ich wagen darf.

Ein wenig von der weiten Welt, sagt das Mädchen, oder überhaupt vom Leben, war es so gemeint? Ja, sage ich ernüchtert. Ich weiß das auch nicht genau. Mag sein, daß ich selber schon diesem Heiligen auf der Säule gleiche, niemand mehr recht zum Nutzen, aber mit mir selbst zufrieden, weil mir ja doch ab und zu ein Abenteuer geglückt ist. Alles in allem war es genug, wenn ich überschlage, wie wenig ich daran gewonnen habe und wieviel an dem, was ich versäumte.

Freilich, die Liebe — wie ist es, wenn man liebt? Auch nicht anders, Mädchen, nur gefährlicher, das kann ins innerste Leben treffen. Anfangs achtet man nicht sehr darauf, es heilt ja alles schnell in der Jugend, aber später, wenn man nach der Narbe fühlt, schmerzt es immer wieder ein wenig.

Ich sage das, weil ich daran denken muß, daß ich einmal so wie jetzt auf einer Brücke stand, nur daß ich damals blutjung war und eben dabei, zum erstenmal nach der unheilvollen Frucht zu tasten. Ich hatte mein Mädchen in der Stadt am Fluß entlang begleitet, hungrig und bettelarm wie an jedem anderen Abend auch, und doch glückselig über alle Welt erhoben. Beschwingt und trunken von lauter Liebe geriet ich in die Nähe einer Brücke, die niemand überschreiten durfte, ohne jenseits einen Kreuzer zu bezahlen. Und nun wollte das Mädchen über diese Brücke gehen, und ich konnte doch um nichts in der Welt verraten, daß ich keinen Kreuzer besaß. Mit jedem Schritt kam das Verhängnis unerbittlich näher, am Ende blieb mir nur die Wahl, über das Geländer zu springen oder in Schanden davonzulaufen. Lächerlich, ja, aber ich lag danach doch elend in meiner armseligen Kammer und weinte die ganze Nacht und fühlte zum erstenmal mit qualvoller Angst, wie bitter schwer es sein würde, die Niedrigkeit der Armut abzuschütteln.

Später war mir ja das Glück nicht mehr so feind, aber ich habe die Lehre nie vergessen. Ein wenig schreckhaft bin ich geblieben, wenn es Brücken betrifft und Mädchen, die mit mir hinübergehen wollen.

Immer noch? fragt das Fräulein.

Immer wieder, sage ich.

*

In der Nacht schlägt das Wetter um. Lang vor Tag liege ich wach, ich horche und belausche die Dunkelheit, dieses Geisterhafte, Wehende, wie es sich in der Stube zu schaffen macht. Noch läßt sich nichts erkennen, aber es ist ein wohliges Gefühl, so in der Finsternis zu warten und zu wissen, daß der Tag kommen wird, das liebe Morgenlicht — es ganz sicher zu wissen. Sehr langsam geschieht das, sehr behutsam. Plötzlich entdecke ich das Fenster wieder, den weißen Krug an seinem Platz, und dann kräht auch schon ein Hahn, und jemand geht mit einem quietschenden Eimer über den Hof, das wird der Roßknecht sein. Er pfeift und redet mit sich selber, weil ja sonst noch niemand unterwegs ist — verschlafenes Volk überall.

Soweit ließe sich der neue Tag nicht übel an. Aber der Himmel bleibt grau verhangen, das ist kein rechtes Reisewetter, höre ich später beim Frühstück. Der Meister hat beschlossen, noch bis zum Mittag zu bleiben, er will versuchen, unser Fräulein zu malen. Gut, wenn er sich das zutraut, an mir soll es nicht liegen. Ich sehe mich indessen im Dorfe um, ob etwas Neues zu erfahren wäre.

Aber geringe Leute zeigen überall das gleiche Gesicht. Überall, wo Nelken am Fenster stehen, sitzt ein Schneider dahinter oder doch einer, der so aussieht wie ein Schneider. Allerorten sind die Schuster schweigsam und die Schmiede gesprächig, und nur unter den Krämern hat jeder sein besonderes Wesen, was leicht zu verstehen ist, wenn man bedenkt, wieviel Weitblick und Weltläufigkeit der Handel verlangt.

Gänzlich müßig bin ich ja auch nicht. Mein erstes Geschäft ist, einen Gaul zu trösten, der beim Schmied auf der Beschlagbrücke steht und ängstlich nach seinem Hinterteil schielt. Ich erkläre ihm, warum da plötzlich Rauch und Gestank zum Himmel steigen, und daß es nur zu seinem

Nutzen geschieht, aber ganz beruhigt ihn doch erst ein Würfel Zucker, den ich ihm mit der flachen Hand ins Maul schiebe.

Drei Dinge halte ich nämlich immer in meiner Rocktasche bereit: ein Zuckerstück, um Frieden zu stiften, wo die reine Vernunft nicht mehr zureicht, eine winzige Zange, um damit zu fassen, was sich mit Händen nicht greifen läßt, und ein Endchen Schnur, für den Fall, daß einmal etwas in Brüche gehen sollte.

Nachher kehre ich beim Krämer ein. Das sollte man nie versäumen, noch im entlegensten Winkel der Welt ist der Kramladen eine Fundgrube voll hilfreicher Dinge, die man zeitlebens ahnungslos entbehren mußte, wie zum Beispiel Zahntropfen oder Patentknöpfe, wahre Notnägel und Rettungsanker in der peinlichsten Verlegenheit. Man darf sich freilich nicht abschrecken lassen, wenn etwa Musik ertönt, Schellengeklingel, sobald man die Türe öffnet. Dieses melodiöse Geläute dient nur dem zart verhüllten Zweck, den Krämer rechtzeitig vor raublustigen Kunden zu warnen. Im übrigen ist er hier wie überall ein umgänglicher Mann, er läßt mich ohne Argwohn zwischen Nüssen und Rosinen umhergehen, aber im Gespräch merke ich bald, daß er längst Bescheid weiß in allem, was mich und mein Herkommen betrifft. Jawohl, wer immer in dem Dorf absteigt, erklärt er, und Rang und Namen hat, zählt zu seiner Kundschaft. Unlängst wurde hier ein Falschmünzer verhaftet, an dieser Stelle legte ihm der Wachtmeister die Hand auf die Schulter, aber er verlor keinen Augenblick seine Fassung. Ich beglückwünsche Sie, sagte er nur, zu Ihrem Scharfsinn! Und eine Stunde später flüchtete er auf dem Fahrrad des Wachtmeisters, so kaltblütig war dieser Mensch!

Ein Scherz, ein Spiel des Schicksals, könnte man sagen. Aber wie wird einem, wenn plötzlich eine Herzogin mit ihrer Kutsche vor der Türe hält, wie es einmal geschah, und Handschuhe kaufen will? Sie trug natürlich Handschuhe, aus geknüpfter Seide, aber der eine war am Zeigefinger zerrissen, und darum mußte sie auf der Stelle neue haben, wie sich denken läßt. Damals hing das Ansehen der Gemeinde an einem Haar. Aber es glückte dem Krämer, die erlauchte Dame im Gespräch so lang hinzuhalten, bis die Frau des Lehrers mit ihren Brauthandschuhen durch die Hintertür gelaufen kam, und weil Gott mitunter sogar den sträflichen Hochmut gewisser Leute zum Guten wenden kann, paßten sie auch und genügten für die erste Not. Mit einem Taler wurden sie bezahlt, es ist gut, sagte die Herzogin schlicht, den Rest für die Armen!

Viele solcher Begebenheiten könnte der Krämer erzählen, auch unheimliche, wie jene von dem Taglöhner, der einen Kälberstrick kaufte, um sich damit in seiner Keusche aufzuhängen, und dann brach der Laden aus der Decke und es regnete Gulden über ihn, aus einem alten Topf voll Silberstücke, aber den Strick hat er heute noch nicht bezahlt. Oder die wunderbare Geschichte von dem fremden Landstreicher, der einen Sommer lang im Dorf umherzog, und nach seinem Tode entdeckte man, er sei ein berühmter Musiker gewesen, und die Regierung mußte zu seinem Gedächtnis eine Marmortafel anbringen lassen, am Schulhaus, obwohl er eigentlich in der Kegelbahn gestorben war.

Ja, die Kunst, sagt der Krämer schwärmerisch. Auch ihm bewege sie das Herz, die Dichtkunst sei seine Leidenschaft. So wie er hier stehe, in Schurz und Mütze, werde ich ihm nicht glauben wollen, daß er selbst nicht ganz unerfahren sei im Umgang mit den Musen, aber vor den Meistern beuge er sich immer noch.

Oh, sagt er glühenden Auges und mit einem

jähen Schritt: — „Menschen, Menschen! Heuchlerische Krokodilsbrut ...“

Ja, werfe ich abwehrend dazwischen, ich kenne das: „Küsse auf den Lippen, Schwerter im Busen!“

Dabei fällt mir ein, daß es Zeit wird, wieder meine Freunde aufzusuchen. Nur eine Kleinigkeit will ich noch kaufen, was könnte es sein? Diese Blume aus Glas vielleicht, es ist das Neueste, sagt der Krämer verständnisvoll und zeigt an seinem kahlen Kopf, wie man dieses Ding im Haar trägt. Hübsch, jawohl. Aber ich nehme dann doch lieber eine von den bunten Halsketten, nicht, weil sie mir gefällt, sondern weil sie sehr schwierig zu schließen ist, man riefe denn jemand zu Hilfe.

Wieviel Zeit braucht man eigentlich, um ein Mädchen zu malen? Übertrieben fleißig war der Meister nicht, scheint mir. Ich betrachte das Bild argwöhnisch — nicht sehr ähnlich, sage ich ohne Nachsicht. Aber eigenartig. Sah das Fräulein wirklich so verschlafen aus?

Wieso denn, sagt der Meister gereizt. Das ist doch die Kellnerin.

*

Bei der Abreise gibt es ein wenig Zank im Wagen. Das Fräulein erklärt plötzlich, sie habe es satt, immerfort in Dörfern herumzusitzen, nichts als Kuh und Kalb zu sehen und Erbswurst und Waschpulver in den Schaufenstern, ihr sei etwas anderes versprochen worden. Einmal doch wenigstens eine Stadt mit Läden und Lichtern des Abends, oder wofür sonst habe sie ihr Bestes in den Koffer gepackt?

Ich schlage mich gleich auf ihre Seite, einmal, weil ich mir eingestehen muß, daß ich mitunter den Mund ein wenig zu voll nehme, aber auch, weil eine Frau doch jedes Spiel so zu mischen weiß, daß ihr die letzten Trümpfe in der Hand bleiben. Es hilft nicht, wenn mir der Meister vorhält, eben die Dörfer seien das tägliche Brot eines Künstlers, der sein Leben der Arbeit gewidmet habe, nicht der Ausschweifung. Am Ende einigen wir uns doch nach dem Brauch der Weisen auf die Mitte. Der Meister erinnert sich an ein kleines Städtchen in der Nähe, an das Städtchen nicht so wohl, wie an ein lobenswertes Wirtshaus, in dem er einmal Gänsebraten gegessen hat. Damals sei der Bischof zum Fest der Firmung gekommen und viel Volk mit ihm, und deshalb habe man die Suppe aus der Hand und den Braten auf dem Rücken des Vordermannes verzehren müssen. Den Bischof würden wir vielleicht nicht wieder antreffen, aber die Gänse gewiß.

Dieses Städtchen ist nun auch sonst ein ansehnlicher Ort, mit seiner Burg und den starken Türmen rund herum. Die Leute wissen das und sorgen, daß ihnen keine Zinne von den Mauern bröckelt, aber nicht, um die Fremden abzuwehren, wie ihre Vorväter, sondern um sie hereinzulocken.

Eine Weile suchen wir nach dem gerühmten Wirtshaus, der Meister erinnert sich nur noch, daß es in einer kühlen Gasse lag und daß eine Blechmusik in der Stube spielte. Wenn also der Lärm sein Zeichen sein soll, brauchen wir nicht lang zu wählen. Offenbar wissen die Bürger auch ohne ihren Bischof Feste zu feiern. Sie haben Buden für einen Jahrmarkt vor der Kirche aufgeschlagen, jedermann ist die Gassen auf und ab mit Kind und Kegel unterwegs.

Ich habe Kinder gern um mich, Mütter mit Kindern weniger gern. Denn sie besitzen die unheimliche Gabe, selbst das holdeste Wesen augenblicklich in eine Ausgeburt von Bosheit zu verwandeln. In solchen Fällen helfe ich mir, indem ich beizeiten die Gesichtszüge eines Menschenfressers annehme. Aber dem Meister gelingt das nicht. Ehe er noch den Löffel in die Suppe tauchen kann, hat ihn schon eines von den Kleinen erklettert. Natürlich stürzt auch sofort die Mutter herbei, sie murmelt ihr Zauberwort und zerrt das Kind wieder weg, damit es zu lachen aufhört und zu schreien anfängt. Es klammert sich an den Teller und nimmt ihn mit, aber die Suppe nicht, die wird dem Meister hinter das Hemd gegossen. Jetzt ist er es, der schreit und die Arme zum Himmel wirft, denn es war eine sehr heiße Suppe. Unser Fräulein ruft nach Wasser, als ob ein Brand zu löschen wäre, aber der Meister brennt ja nicht, er siedet, und schließlich wankt er mit tropfenden Hosen zur Tür.

Während der Meister in der Sonne sitzen muß, um zu trocknen, führe ich das Fräulein auf den Markt. In meiner Kinderzeit gab es nichts Köstlicheres als den gewissen Tag im Frühherbst, an dem wir zwei Stunden weit durch das Tal hinaus zum Jahrmarkt zogen. Voran ging die Mutter, festen Schrittes und mit aufgesteckten Röcken, wie es ihre Art war. Hinterher gemächlicher der Vater und endlich ich, an seinen Rock geklammert, gefoltert von zu engen Schuhen und von vielerlei Sorgen unter dem Sonntagshut. Dort hielt ich nämlich zwölf Kreuzer versteckt, in das

Schnupftuch geknotet und außerdem mit einer herablaufenden Schnur an meinem Finger festgebunden, damit es die Taschendiebe nicht gar zu leicht haben sollten.

Denn in diesen zwölf Kreuzern lag das eigentliche Geheimnis, Glück und Unglück für den Tag beschlossen. Was der Vater und die Mutter kaufen würden, stand ja unabänderlich fest. Mochte auch der ganze Tag darüber hingehen, zuletzt blieb es doch bei einem Pfeifenkopf und einem Kalender und dem Stück blauen Zeuges für die Mutter. Aber was aus meinen Kreuzern werden sollte, blieb mir allein überlassen, das war gänzlich ungewiß.

Ich stolperte mich fast zu Tode vor Aufregung bei dem Gedanken, daß ich in die Schießbude treten und zwölfmal hintereinander die schwierigste Scheibe treffen konnte. Da würden die Leute zusammenlaufen, seit Menschengedenken wäre so etwas nicht vorgekommen. Und der Besitzer stünde händeringend dabei und jammerte laut, ich hätte ihn an den Bettelstab gebracht. Aber eine von den Uhren würde ich ihm vielleicht zurücklassen, einen Bären, damit er doch wieder einen kleinen Handel anfangen könnte.

Oder wie, wenn ich ein Hasenpärchen kaufte,

oder Tauben, die sich dann zahllos vermehrten, ach, ganz gewiß würde ich diesmal nicht wieder mein Glück verzetteln! Aber freilich, wenn der Abend kam, auf dem Heimweg besaß ich doch wieder nur eine Mundharmonika, auf der ich nicht einmal blasen mochte, weil mir so sterbensübel war, und sogar von dem, was ich an Lebkuchen und Zuckerzeug im Leibe hatte, verlor ich noch das meiste unterwegs.

Hier im Städtchen halten es die Leute in mancher Hinsicht anders. Zwar, der Mann ist immer noch am Leben, der Elefantenkitt verkauft — so genannt, weil man zerbrochenes Porzellan damit leimen kann, freilich nur in seiner Bude, zu Hause wirkt das Mittel eher wie Sprengpulver. Auch den anderen entdecke ich wieder, der geschliffene Säbel schluckt und doch kein Fett angesetzt hat, obwohl es ihm seither nicht an Nahrung gefehlt haben kann. Den Wahrsager, den Puppenspieler, aber wo ist der Krapfenbäcker geblieben? Sind wir so weit herabgekommen, daß ich dem Fräulein erst umständlich erklären muß, wie Hütchenkrapfen schmecken und wem wir sie eigentlich verdanken — dem Apostel Petrus nämlich, der, wie man weiß, überaus genäschig war? Als der Herr einmal mit seinen Jüngern bei der Mahlzeit saß, und der Koch trug eben das Gebratene auf, da focht den Petrus ein Gelüst an, in die Küche zu schleichen und nachzusehen, was etwa hinterher noch zu hoffen sei. Und so verlockend stieg ihm der Duft aus der Pfanne in die Nase, daß er es sich nicht versagen konnte, einen der Fladen herauszufischen und hinunterzuschlingen. Aber sogleich reute es ihn auch wieder, denn nun mußte der Herr bei Tische leer ausgehen, weil er immer zuletzt aus der Schüssel nahm. In der Verzweiflung fiel dem Apostel nichts Besseres ein, er tauchte geschwind sein rundes Hütchen ins Mehl und buk es schön braun heraus, hoffend, daß er dieses wunderliche Gebäck bei der Tafel unbemerkt werde an sich bringen können.

Als nun das Gericht aufgetragen wurde, lächelte der Herr und sagte: „Petrus, bist du denn so schwach im Fleische? — „Ja, Meister", sagte Petrus voll Reue, „aber stark im Glauben." Und da mochte ihn der Herr doch nicht vor den anderen zuschanden kommen lassen, er segnete die Speise, und im Augenblick lagen dreizehn runde Bauernhüte in der Schüssel, nur der Gestalt nach natürlich, sonst von himmlischem Wohlgeschmack bis auf den heutigen Tag.

Aber von den Krapfen abgesehen, wissen die Bürger im Städtchen recht wohl zu leben. Sie schenken einen köstlichen Würzwein aus, und dazu braten sie kleine Würstchen auf dem Rost, die der Stadt Ehre machen, wenn man glauben will, daß sie hier erfunden wurden.

Wäre ich ein Prediger, und hätte ich meiner Gemeinde einen scharfsinnigen Beweis für das Walten der Vorsehung zu liefern, so wollte ich den Kleingläubigen vor Augen führen, wie sinnreich alles Sehens- und Schmeckenswerte über die bewohnte Erde verteilt ist, so daß jedes geringste Dorf noch etwas vorzuweisen hat, womit es sein Dasein begründen kann. Der gütige Schöpfer gab einem Auserwählten im Traume ein, wie man Lebkuchen bäckt, oder er ließ einen Baum tausend Jahre alt werden oder eine Burg, von der kein Mensch zu sagen weiß, wofür sie taugte, als sie noch nicht verfallen war. Und wo es wirklich an allem fehlt, läßt sich immer noch dem menschlichen Unverstand ein Denkmal setzen, weil doch allerorten einmal eine Schlacht geschlagen oder sonst ein Unfug verübt worden ist.

Freilich sind dergleichen Zeugnisse mitunter schwierig zu deuten. Ich bin, was die Vergangenheit betrifft, auf eigene Einfälle angewiesen, ungefähr wie jener Mann, der von sich sagen konnte, er habe alle Jahrzahlen der Geschichte im Gedächtnis, ohne Ausnahme von der ersten bis zur letzten, nur leider nicht, was sich jeweils zugetragen habe, das sei ihm entfallen.

Aber darin liegt ja weiter keine Schwierigkeit für einen findigen Kopf. Ich vermag aus dem Stegreif ganze Zeitalter mit Ereignissen zu füllen, die nicht weniger staunenswert oder glaubwürdig sind als jene, um deretwillen man Kaiser und Päpste in den Kalender gesetzt hat.

Im übrigen, weil der Mensch auf seinem Wege durch die Zeiten immer der Sonne entgegenstrebt, erkennt er, gleichsam geblendet, das Künftige nicht. Nur was hinter ihm liegt, sieht er in einem verklärenden Licht. Deshalb meinen wir in der Trübsal des Augenblicks, das Beste, was wir haben, sei das, was wir gehabt haben. Mit dieser Einsicht kann man sich bescheiden, auch bei großen Männern, bei Dichtern etwa, die einem in ihren guten Jahren lieb und teuer waren. Ich lasse sie zur passenden Zeit gestorben sein, versäume nie, ihren Jahrtag mit schuldiger Ehrerbietung zu feiern, und so kann mich weiterhin, selbst wenn sie hundert Jahre alt würden, ihre zahnlose Weisheit nicht mehr verlegen machen.

Nun will das Fräulein aber auf der Stelle wissen, was die Säule bedeute, die hier vor dem Rathaus steht. Es ist ein Mann darauf abgebildet, neben ihm ein Frauenzimmer, wahrscheinlich auch ein Fräulein, aber ein adeliges und schon lange stumm. Dieser Mann, erkläre ich, ist ein fahrender Ritter gewesen. Weil er seinen Helm abgenommen hat, sieht es aus, als trüge er den Kopf auf dem Arm, aber das muß man als ein Gleichnis seines Zustandes deuten, er war nämlich in heißer Liebe zu dem Fräulein entbrannt. Die Jungfrau weniger, kaum daß sie einmal aus dem Fenster lächelte, wenn der Ritter unten im Garten sang, und das war gut so. Denn damals hielt man dafür, die Liebe sei ein Beruf fürs Leben; je spröder die Dame, desto länger nährte es ihren Mann. Ein mühsames Leben übrigens, durchaus kein Honiglecken. Manchem wurde von seiner Schönen auferlegt, gegen Riesen und Ungeheuer zu kämpfen, und später, als die Drachen seltener geworden waren, mußte er sein Weniges zusammenkratzen und ins Heilige Land reiten. Das zog sich dann zuweilen in die Länge. Wenn einer obendrein Unglück hatte, wie unser Ritter, dann fingen ihn die wilden Türken und verkauften ihn in die Sklaverei.

Indessen wartete das Fräulein ein Jahr ums andere, sie wies den ersten Freier ab, der sich einfand, den zweiten auch noch, aber den dritten nicht mehr, denn es konnte leicht der letzte sein.

Als nun die Hochzeit gefeiert wurde und die Braut aus der Kirche kam, stand da ein fremder Bettler vor der Tür. Wir erraten leicht, daß es der arme Ritter war, aber sie ahnte es nicht und warf ihm einen Groschen in den Hut. Das war denn doch zu viel für den schwergeprüften Mann, oder zu wenig, wie man es nimmt, er durfte einen anderen Lohn erwarten. Jedenfalls riß er im ersten Zorn ein Messer aus dem Gürtel, nur so viel Besinnung war ihm noch geblieben, daß er zuvor das treulose Weib und dann erst sich selber erdolchte.

Das ist eine traurige Geschichte, sagt das Fräulein.

Ja, aber schon lange her. Heutzutage kommt dergleichen kaum noch vor, nicht, weil die Frauen beständiger sind, sondern weil sie ihre Liebhaber gleich zum Pfarrer schicken, statt zu den Heiden.

Um das Mädchen wieder aufzuheitern, führe ich es zu den Tuchkrämern hinüber. Dort drängt sich das Weibervolk und wühlt aufgeregt in einem wirren Haufen bunten Zeuges, als habe es nie zuvor Blaudruck gegeben oder jene furchtbare Sorte von gestreiftem Barchent, mit dem sich die Tugend gegen Anfechtungen schützt. Spitzen sind zur Schau gestellt, Bänder und Borten und Schachteln voll mit Knöpfen — gibt es wohl einen Unrat in der Welt, aus dem man keine Knöpfe machen kann?

Dabei ist alles sündhaft teuer, klagen die Frauen. Aber sie klagen nur zum Schein. In Wahrheit geben sie sich alle einer heimlichen Leidenschaft hin, der Lust, so lang zu maulen und zu feilschen, bis sie endlich ein nutzloses Ding fast ebenso billig erstehen können wie im nächsten Laden.

Bisweilen wird ein kleiner Zank ausgetragen, ein blitzschnelles Gefecht, es zischelt gefährlich, es funkelt aus bösen Augen, und worum dreht sich der Handel? Ach, um nichts, um eine Gürtelschnalle, zwei von den Frauen haben sie gleichzeitig entdeckt. Die beiden könnten zwar ein Dutzend solcher Schnallen unter sich teilen, aber diese einzige nicht. So kämpfen sie ja auch um einen Mann, als ob es nur diesen gäbe und nicht fünf Erdteile voll davon, keiner besser als der andere.

Mich zieht es zu den Trödlern hinüber, die in

einer stilleren Seitengasse hausen. Immer schon war es meine Freude, und etwas von der Leidenschaft des Schatzgrabens drängte mich, bei den Trödlern herumzustöbern. Diese Leute sind alle ein bißchen wunderlich, das kommt daher, daß sie unter lauter Dingen leben, die im Umgang mit Menschen eine seltsame Beseelung gewonnen haben, es sind fühlende Dinge sozusagen. Sie gingen durch viele Hände, aber die letzte war immer eine treulose Hand gewesen, und darum liegen sie jetzt da und erdulden das bittere Schicksal derer, die im Dienen alt und unnütz wurden.

Meine Stube ist voll von solchem Kram, ich wüßte nicht genau zu sagen, warum ich ihn so zärtlich liebe und immer wieder einmal betrachte. Am längsten besitze ich einen Krippenesel aus Birnholz, den Inbegriff des eselhaften Grübelns über Dingen, die doch nicht zu ergrübeln sind. Daneben liegt ein apfelgroßer Totenkopf, kunstvoll geschnitzt und mir sehr wert, weil er das einzige Stück auf meinem Schreibtisch ist, das niemals abgestaubt wird, ein verläßlicher Wächter über jedem beschriebenen Blatt Papier, das so liegenbleiben soll, wie ich es hingelegt habe. Aber dann ein winziges Buch aus Blech, auf dessen silberne Seiten jemand einen bestimmten Tag einschreiben ließ und dazu, daß es sein glücklichster Tag gewesen sei, und so viel dergleichen, auch ein Riechfläschchen, zierlich geschliffen — kaum zu glauben, daß dieses sanfte Düftchen einmal hinreichte, Tote aufzuwecken, meine gröbere Natur bringt es kaum noch zum Niesen.

Das Fräulein sieht mich lange überlegen, ob ich ein riesiges Schwert erhandeln könnte, das der Trödler in einem Schirmständer lehnen hat. Es ist ja wahr, daß es schwierig sein würde, die Wachleute unterwegs zu beruhigen. Aber zu Hause würde ich das Schwert an der Wand hängen und immer vor Augen haben, und nie wieder fände man ein schäbiges Wort in meinen Büchern, sondern nur noch edle und erhabene Gedanken.

Ich nehme es wägend in die Hand, ein Glück für meine Feinde, daß wir spät geboren sind und einem zahmeren Geschlecht angehören. Der diese Klinge führte, muß an harte Köpfe geraten sein. Er hat Scharten in die Schneide gehauen, und die Blutrinne des Blattes ist vom Rost angefressen, als sei dem Raufbold nicht einmal immer Zeit geblieben, es nach der Arbeit wieder sauber abzuwischen.

Als ich, der Jüngling, im Felde stand, erhitzte

es mich sehr, daß mein Säbel auch eine Blutrinne hatte. Der Himmel fügte es dann freilich zum Guten und versagte mir den Lorbeer des Helden, aber eine schwärmerische Neigung für altes Kriegsgerät ist mir geblieben. War es nicht doch eine andere Zeit, als der Mannesmut sich noch an ein ehrbares Werkzeug hielt?

Jene Zeit hat Dinge hervorgebracht, denen eine magische Macht der Versuchung innewohnt. Spieldosen zum Beispiel kann ich nicht in den Fingern halten ohne Not, sie rechtzeitig wieder loszulassen, und vollends bei alten Karten merke ich oft mit Traumesängsten, wie fadenscheinig mein Gewissen eigentlich ist, obwohl ich es doch zeitlebens sehr geschont habe.

Unter einem Haufen unnützer Bücher finden sich etliche solcher Blätter, ich entfalte eines und versuche, es meiner Begleiterin auszudeuten. Schon das Papier fühlt sich gut an, wie etwas Gewachsenes, wie weiche, ein wenig narbige Haut. Es hat Risse und Flecken, jemand stellte ein Weinglas darauf, dieser Mensch trank Rotwein zu seinen Sorgen, und daneben schrieb er ein paar Worte an den Rand, „Gottlob", steht da zu lesen und „drey Täg", vielleicht plagte ihn das Heimweh in der fremden Herberge.

Auch den Holzschneider muß man loben, er hat seine Arbeit mit Sorgfalt getan. Wald und Hügel hat er nicht vergessen, jedes Städtchen schmückte er mit einer Burg, alles sauber ausgestochen, aber doch wieder nicht zu genau, es kam ihm wenig darauf an, einmal einen Bach krumm laufen zu lassen, wenn er anders den Namen des Dorfes nicht hübsch genug unterbringen konnte. Nachher hat der Meister das Blatt mit Farben ausgeziert, blaues Wassergeäder, das Buschwerk tröstlich grün, sein behutsamer Pinsel fügte alles Zufällige zu einem schönen Ganzen zusammen, und die Gesellen haben es fleißig nachgemalt. Der Meister lief nicht mit Meßband und Rechentafel landauf und -ab, wozu auch. Reisende Kaufleute mochten seine Kundschaft sein, denen es genug war, wenn ihren Saumtieren nur ungefähr der Weg gewiesen wurde, durch Pässe und Täler und von einem Nachtlager zum anderen. Oder rauflustige Herren, die mit ihren Kriegshaufen unterwegs waren und es auch nicht weiter übelnahmen, wenn sie einmal aneinander vorbeiliefen, wo sie sich der Karte nach hätten treffen müssen. Es gab ja eine Zeit, in der sogar der Krieg kein eiliges Geschäft war. Heutzutage freilich genügen uns Schritt und Elle nicht mehr, um den Erdkreis einzuteilen. Wir brauchen ein genaueres Maß. Aber Recht und Unrecht läßt sich immer noch nicht mit Metern messen, Glück und Jammer zwischen den Menschen.

Mit der Weile ist es Zeit geworden, daß wir uns wieder nach dem Meister umsehen. Im Vorbeigehen entdecke ich aber noch einen Laden, der gar keine Kundschaft hat, weil es da nur Pinsel zu kaufen gibt, nichts als Pinsel in allen Sorten. Das rührt mich sogleich, ich sehe diesen vergrämten Mann, wie er jeden Morgen seine Ware ausbreitet, voll Hoffnung, daß endlich jemand kommen werde, der etwas zu übertünchen hat in dieser verlotterten Welt. Aber nein, es wird wieder Abend, und wenn er gute Werke feilböte, könnte sein Handel auch nicht schlechter bestellt sein.

Diesem Verzagten muß geholfen werden. Ich suche den größten Marderpinsel aus dem Fach — was soll der kosten?

Der ist zu teuer, sagte der Mann.

Was heißt das? Hören Sie, sage ich, finster auf mein Schwert gestützt, wenn ich will, kaufe ich so viele Pinsel, daß tausend Maler tausend Jahre lang damit malen können!

Aber der Alte schüttelt nur den Kopf. Das

ist lauter Prahlerei und Hochmut. Tausend Jahre, murmelt er verächtlich, tausend Maler! Und ich bin so betroffen, daß ich mir wirklich auch den einen Pinsel wieder aus der Hand nehmen lasse.

Wahr ist es ja, denke ich im Weitergehen. Ich sollte nie vergessen, woher ich komme und wer ich eigentlich bin, und daß die Zeiten noch nicht lange vorüber sind, in denen Leute meines Handwerks für unehrlich galten, weil sie doch nie einen Groschen in der Tasche hatten, der so redlich verdient war, daß sie ihn ungescheut auf den Tisch werfen konnten. Vielleicht schickt uns Gott auf den Bettel, damit, was er uns eingibt, nicht auf den gemeinen Markt geriete. Aber wir sind unter die Händler gegangen, niemand glaubt uns mehr, und unser Wort hat die Kraft des Tröstens verloren, seit wir uns wie Narren selber krönen, statt den bescheidenen Kranz von Laub zu tragen.

*

Den Meister finden wir leicht. Er sitzt vor dem Stadttor und malt und hat viel Zulauf von müßigen Leuten. Wir drängen uns heimlich in die Reihe, es ist für unsereinen immer einmal nützlich zu hören, was das Volk redet. Ein Mann, der Brezen von der Stange verkauft, macht uns bereitwillig Platz, noch im Weggehen schüttelt er den Kopf. Auch ein schweres Brot, sagt er bekümmert. Im stillen dankt er dem Himmel dafür, daß ihm ein leichteres Los beschieden ist.

Aber so gutherzig denken nicht alle. Etliche halten im ganzen nicht viel von der Malerei. Zeit müßte man haben, erklären sie, das sei alles, sofern ein ernsthafter Mensch überhaupt die Geduld aufbrächte. Wieder andere nehmen die Sache genauer, sie sehen streng darauf, daß der Meister sich keine Nachlässigkeit erlaubt. Deshalb gerät ein buckliger Zuschauer außer sich, nachdem er entdeckt hat, daß an dem grünen Haus auf der rechten Seite ein Fenster fehlt. Er bittet seine Nachbarn, ihrerseits nachzuzählen, hinter diesem fehlenden Fenster wohnt er nämlich seit Jahr und Tag, und nun wird sein Dasein einfach geleugnet, das kann ihm doch nicht einerlei sein.

Was uns aber alle erregt, ist ein leerer Fleck, den der Meister auf seinem Blatt ausgespart hat. In Wirklichkeit steht dort ein Gaul vor einem Bauernkarren. Um ihn herum ist alles so gut wie vollendet, aber der Meister findet immer noch etwas auszubessern, sogar dem Buckligen macht er die Freude und flickt sein Fenster noch in die Reihe, und nur um dieses Geisterroß will er sich durchaus nicht kümmern.

Und dann geschieht das, was längst zu fürchten war, der Kutscher kommt aus der Schenke, er klettert auf den Wagen und fährt davon. Hinter dem Roß wird eine Bank sichtbar, und die malt der Meister jetzt mit ein paar schnellen Strichen, als traute er ihr zu, daß sie ihm auch noch entlaufen könnte.

Aber was ist eine Bank gegen ein Pferd! Die meisten Leute gehen enttäuscht davon, murrend und voller Zweifel, ob der Meister überhaupt fähig ist, etwas Schwierigeres zu malen. Hausbänke zur Not, oder ein Fenster, aber ein Roß?

Nun muß ich dem Fräulein doch sagen, wie sehr ich den Meister trotz allem bewundere, seinen Mut, so unbeirrt der Arbeit nachzugehen. Mir ist das nicht gegeben, ich muß die Einsamkeit aufsuchen, die Stille. Ich kann nichts erfinden, solang etwas Faßbares um mich ist, nichts Rührendes schildern, etwa das Geläute der Herdenglocken, wenn ich sie wirklich höre. Das ärgert mich nur. Und darum würde keine Kuh in meinem Dorf es wagen, mit ihrer Schelle zu läuten, während sie an meinem Fenster vorübergeht. Sie könnte es auch gar nicht, weil die Buben längst wissen, daß es sich lohnt, Kuhglocken in meiner Nähe mit Gras auszustopfen.

Freilich lebe ich nicht immer so einsiedlerisch. Manchmal drängt es auch mich, meine Federn zu spreizen, und dann reise ich meilenweit über Land und schlage irgendwo die Jahrmarktbude meiner Eitelkeit auf.

Das Fräulein kennt mich ja auch von dieser Seite. Erinnert sich die Freundin noch an einen Abend auf dem Bahnhof, und wie sie schließlich zögernd auf mich zutrat, mit todernstem Gesicht, weil sie vorher schon so viele Leute vergeblich angelächelt hatte? Jetzt leugnet sie es, aber damals war sie bitter enttäuscht, infolge der Unsitte, daß man nur beleibte Dichter in Erz gießt und als Muster auf die Plätze stellt.

Nachher, um mich auf das Schlimmste vorzubereiten, entwarf sie unterwegs ein düsteres Bild des kommenden Abends. Und wie kläglich war mir insgeheim zumut, wieviel lieber hätte ich mit ihr den Zauberkünstler besucht, der auch zugezogen war, oder den Tanz im Stadtsaal!

Soll ich noch mehr verraten? Eingestehen, daß ich, kaum allein gelassen, zum Vorhang schlich, um die spärlichen Reihen der Gäste zu mustern, weit ängstlicher als David seinen Riesen Goliath, denn er hatte doch wenigstens einen Stein in der Tasche, nicht nur eine Handvoll Papier.

Die Freundin saß auch unten im Saal, nun schon weniger verzagt. Sie ahnte ja nicht, wie eifrig inzwischen das Verhängnis an der Arbeit war, Lampenschnüre als Fußangeln auszubreiten und die Kübelpflanze auf den Tisch zu stellen, jenes mannshohe Gesträuch, aus dem ich nachher unsichtbar sprechen mußte, wie der biblische Gott aus dem Dornbusch. Auch die Wasserflasche vergaß das Saalgespenst nicht — wer eigentlich mag zuerst auf den Gedanken geraten sein, Lampenfieber sei mit lauwarmem Wasser zu heilen? Man kann nicht davon trinken, ohne zugleich ein überaus peinliches, kollerndes Geräusch mit hinunter zu würgen.

Ach, meine heimlich Verbündete, wußte sie, wie sehr mich ihr Lächeln stärkte, als ich zur Begrüßung in die erste Reihe gesetzt wurde, gequält von der düsteren Ahnung, daß nun gleich der Deutschlehrer aufstehen werde, um mit wohlgezielten Worten alle Professoren zu rächen, die ich in sorgloser Jugend mit dem Anspruch geärgert hatte, keine Grammatik lernen zu müssen, weil ich Dichter werden wollte? Es blieb mir nichts erspart. Er ging so weit, mich mit der Behauptung bloßzustellen, ich sei mit dem Boden verwachsen, mehr noch, ich röche nach Erde. Welche Wohltat, als er endlich schweigen und den Spielleuten Platz machen mußte.

Musik hilft immer. Sollte es mir bestimmt sein, einen Menschen töten zu müssen, er wäre gerettet, wenn er nur sänge oder pfiffe. Da spielten die vier Männer, und mir war so wohl in dem kirchenstillen Saal. Alle Ängste schmolzen weg, ich vergaß, weswegen ich eigentlich gekommen war, und konnte am Ende gar nicht verstehen, warum ich plötzlich aufgescheucht und selber auf die Bühne gewiesen wurde.

Und dann hob das alte, oft geübte Spiel wieder an. Aber ich war nicht gelassen, wie die Freundin meint, nicht heiter meinen Hörern zugeneigt. Sie selbst kam mir aus den Augen, ich sah keine Menschen mehr vor mir, nur ein einziges, vieläugiges, unruhiges Wesen, das ich jetzt mit lauter Stimme ansprechen mußte. Aber die Worte wollten sich ja nicht formen lassen, sie klangen plötzlich so erschreckend schal und nackt, während ich ihnen ängstlich nachhorchte, und alle zergingen ohne den leisesten Widerhall. Ich merkte bestürzt, daß mir immer mehr mißlang. Meine

Hände waren zu leichtfertig, ein Laut geriet zu heftig, eine Pause zu kurz, es ließ sich nichts mehr retten. Insgeheim rief ich alle Heiligen an, sie möchten mir doch ein gelindes Erdbeben zu Hilfe schicken, oder eine Ohnmacht, ich wollte den Kopf in den Arm legen und glückselig tot sein und nie wieder den Mund auftun.

Aber dann geschah es, daß unversehens ein Funke zündete. War es die Freundin, die zuerst diesen köstlichen Laut der Freude aus ihrer Kehle schlüpfen ließ? Von nun an war alles gut, ich spürte beglückt, wie das widerstrebende Wesen vor mir erwachte und näher rückte und zutraulich wurde. Jetzt war es doch wieder, als spräche ich zu einem einzelnen Menschen, den ich im Herzen bewegen und heiter oder trübe stimmen konnte.

So geht das zu. Und hinterher? Nachher war ich müde, ein wenig beschämt und traurig, ja, traurig auch. Es wäre schön gewesen, bei einem würdigen Glas Wein zu sitzen, allein mit einem verträglichen Mädchen, das sich hätte erklären lassen, warum ich traurig sein mußte. Denn es war doch alles nur Trug und Gaukelei gewesen, das Wort, das einfache Wort, vor dem alle Mauern fielen und alle Tore aufsprängen, war wieder ungesagt geblieben. Und es wäre doch überall abzulesen, Gott hat es mit seinem gewaltigen Finger an den Himmel und über die Erde hin geschrieben, aber in welcher Sprache redet Gott?

Im Grunde ist es ja lächerlich: Jeder möchte die Welt verbessern und jeder könnte es auch, wenn er nur bei sich selber anfangen wollte.

*

Wir finden kein passendes Obdach in der Stadt, spät am Abend ziehen wir weiter. Mir macht es nichts aus, ich fahre gern in der Dunkelheit. Auch daheim bin ich oft des Nachts unterwegs, aber behutsamer, um nirgends ein Wesen aus dem Traum zu wecken. Beiläufig gesagt, ich habe noch nie einen Vogel aufgescheucht, weiß Gott, wie das zugeht. Untertags wimmelt es von Meisen und Spatzen, und wenn es dämmert, sind alle verschwunden. Jedenfalls irrt die Wissenschaft, wenn sie behauptet, daß die Vögel abends in die Hecken kröchen, dort gibt es nur Spinnen und schlafloses Gewürm. Ich bin unter viele Zäune geschloffen und brach mir fast den Hals, weil ich sie in der Dachrinne überraschen wollte, aber vergeblich. Vielleicht hängen sie überhaupt nur hoch in der Luft, jedes an einem Engelshaar, wie die Taube in der Kirche.

Alles, was schläft, scheut den Menschen und seinen friedlosen Blick, so muß es wohl sein. Auch die Bäume an der Straße sehen so wunderlich aus im Schein der Wagenlichter, als hätten sie sich nur hastig hingestellt und eben noch das Nötigste an Laub zusammengerafft.

Auf einer Höhe halte ich an. Ich will ein wenig Holz zusammensuchen und ein Feuer anzünden, weil es nichts Behaglicheres gibt, als in der Dunkelheit vor einer Flamme zu sitzen. Die Funken steigen aus der Glut, die Nacht tritt nah heran und schaut einem mit schwarzen Augen über die Schulter. Etwas rauscht in der Luft, etwas knackt im Gehölz, aber das ist nicht unheimlich, solang das Feuer brennt.

Jetzt steigt der Mond herauf und segelt eilig durch das schäumende Gewölk. Wie fern mag er eigentlich sein, fragt das Fräulein, wie weit von uns?

Nicht allzu weit. Wenn einer auf Kindesbeinen zu laufen anfinge und immer gemächlich fort, so könnte er wohl sein graues Haupt dort oben zur Ruhe legen. Er hätte seine Zeit nicht schlechter angewendet als seine Brüder auf der Erde, die auch denselben weiten Weg laufen, bis sie endlich gefunden haben, was sie gar nicht suchen wollten, nämlich ihr Grab.

Darauf weiß das Fräulein nichts mehr zu erwidern. Wir bleiben lange stumm, der warme Atem des Feuers weht uns an. Ich habe meine Knie unter das Kinn gezogen, wie ich es gern tue, wenn mir wohl ist, und nun möchte ich auch noch die Hände falten und einmal von Herzen fromm und dankbar sein, ich weiß nicht, wem und wofür. Für diesen Tag und das Glück zu leben, auch dafür, daß es so tröstliche Dinge überhaupt noch gibt, immer noch Wald und blühendes Kraut und den lieben Mond am Himmel, so hoch aufgehängt, daß ihn kein Mensch dem andern zum Trotz herunterschießen kann.

Wenn ich alles überschlage, was ich bisher im Leben erfahren habe, so weiß ich von keiner anderen Möglichkeit, wahrhaft glücklich zu sein, als von dieser: Nur mich selbst zu fühlen, wie ein Baum sich fühlen mag, einfach da zu sein. Geriete ich, was Gott verhüten wird, in den Geruch der Weisheit, und es käme der König zu mir, oder sonst einer, der vom Giftbecher der Macht oder des Ruhmes getrunken hat, und er fragte mich, was er tun müßte, um gesund zu werden, ich hätte ihm nichts zu raten, als daß er dann und wann einmal von seinem Thronsessel heruntersteigen und auf einem Feldstein sitzen möge, um an den Dingen, die da sind, wieder abzulesen, was er selber ist.

Freilich, die klugen Räte würden auch kommen und sagen, das sei eine Lehre für Schäfer und Kohlenbrenner und nicht einmal denen neu. Wofür hätten die Erleuchteten tausend Jahre lang über tausend Büchern gesessen? Könne man leugnen, daß die Menschen wunderbar weit gekommen seien mit ihren Kniffen und Pfiffen? Daß sie neuerdings sogar dem lieben Gott selber die Zuchtrute aus der Hand gewunden hätten, um, überdrüssig seiner liebenden Geduld, furchtbarer gegeneinander Gericht zu halten, als der Herr es je im Zorn vermöchte.

Ja, das mag so sein. Aber ich habe noch eine Weisheit zu vergeben. Die Welt wird nicht von dem bewegt, was der Mensch erfindet, sondern durch das, was ihm ewig verborgen bleibt.

Allein, es kommt ja gar kein König und Machthaber zu mir auf den Hügel. Die meisten schlafen des Nachts, zum Besten ihrer Untertanen. Viel eher, meint der Meister, würden wir das ganze Raubgesindel in der Gegend mit unserem Feuer anlocken.

Er ist ein wenig ängstlich von Natur, nicht aus Feigheit, wie er sagt, sondern wegen der vielen bösen Zufälle, die den Menschen in seiner Sorglosigkeit immerfort bedrohen. Führt nicht jeder leichtsinnig die Gabel zum Munde, ohne dagegen zu blasen, und könnte doch eine Wespe schlucken, die ihn sozusagen von innen erdolchte und elend ersticken ließe? Ist es übertriebene Vorsicht, wenn sich der Meister niemals in die Badewanne legt, ohne eine Weckuhr bereitzustellen, die ihn zu gemessener Zeit daran erinnert, daß so mancher Waghals in allen Weltmeeren schwamm und dann doch im Waschzuber einschlief und jämmerlich ertrank? Alles Unheil kommt auf leisen Sohlen. Wer weiß, wie viele Mordbuben in den finsteren Gründen hinter uns lauern mögen, halb verhungert schon, weil seit Jahr und Tag nichts mehr vorüberkam, was sich mit der Hand fangen ließ!

Vor Jahren einmal, erzählt der Meister, mußte er in einer einsamen Gegend malen und obwohl er nichts versäumte, was ein vernünftiger Mensch in solchen Fällen vorzusehen pflegt, geriet er doch in ein fürchterliches Abenteuer, und dabei wüßte er heute noch nicht, wodurch er damals ums Leben gekommen wäre, wenn er hätte sterben müssen.

Auf dem Heimweg nämlich, als es schon dunkelte, ging er durch einen Wald. Er dachte noch, daß es ja nur ein kleines Wäldchen sei und gleich dahinter die Straße, aber seltsam, das zog und zog sich hin und wie er sich wenden mochte, es war da immer nur wieder Wald, längst kein Weg mehr und nur noch Sumpf und Gestrüpp in der Finsternis. Nach einer Weile war ihm, als sähe er einen Lichtschein zwischen den Stämmen. Er ging darauf zu und fand auch wirklich ein helles Feuer auf einer Blöße zwischen schütterem Gehölz. Ein Kessel hing an einem Draht darüber, aber kein Mensch war zu sehen, alles still und verlassen.

Sonderbar, dachte der Meister und beschloß, ein wenig zu warten. Es mußten ja nicht unbedingt die vierzig Räuber sein, die hier im Quartier lagen und ihre Suppe kochten. Weil nun das Feuer allmählich niederbrannte, und damit es doch nicht ganz dunkel würde, griff er nach einem Ast, um ihn auf die Glut zu werfen.

Aber er ließ ihn gleich wieder fallen, denn in diesem Augenblick schrie jemand im Wald. Es war ein hoher, kreischender Schrei, der langsam erstarb, wie abgewürgt, wie von einer Hand erstickt.

Was war das? dachte der Meister und fiel beinahe vornüber in die Asche vor Schreck. Fürs erste geriet ihm alles in seinem Kopf durcheinander, aber dann faßte er sich wieder. Nimm dich zusammen, dachte er. Du hast dich verirrt, und da findest du jemand, der sein Essen am Feuer kocht, und den wirst du nach dem Weg fragen, das ist doch ganz einfach. Mag da schreien, wer will, laß das seine Sache sein und menge dich nicht in fremde Händel.

Während der Meister nun so unschlüssig saß und sein klopfendes Herz hinunterdrückte, um besser zu hören, falls ein neuer Schrecken ankäme, merkte er plötzlich, spürte es mit eiseskalter Gewißheit, daß jemand hinter ihm stand.

Er sah ihn natürlich nicht und sah doch bis ins Kleinste genau, als hätten sich seine Augen inwendig im Kopf herumgedreht: Da stand ein Mann, ein wenig vornübergebeugt, ein riesiger Mensch mit einem fahlen Gesicht, und vor sich in beiden Händen hielt er eine Axt. Mit einem bösen Lächeln hob er sie langsam über sich, vorsichtig, lautlos, und nahm das Maß für einen furchtbaren Hieb, ja, aber doch um eine Sekunde zu spät!

In dieser winzigen Sekunde zeigte es sich, daß ein Mann selbst das leibhaftige Unheil abzuwehren vermag, wenn er nur das Herz hat, es durch völlige Kaltblütigkeit zu verblüffen.

Was also tat der Meister? Sprang er auf und zugleich dem Tod in die Arme? Oder warf er sich auf die Knie und flehte um Schonung? Nichts von dem. Sondern wie er da saß, griff er nach dem Malzeug neben sich, stand auf und ging. Rannte nicht etwa kopflos davon, sondern flüchtete sozusagen im Schritt, mit einer unmenschlichen Anstrengung geradeaus fort, ohne sich auch nur umzudrehen, und damit brachte er den Unhold hinter sich derart aus der Fassung, daß ihm sogar ein Fluch der Enttäuschung im Hals steckenblieb.

Gut, und was weiter?

Nichts weiter. Der Meister mußte nur noch über einen Graben springen, gleich dahinter war die Straße.

Ja, aber dieser Schrei? Wer schrie denn vorher im Wald?

Weiß ich nicht, sagte der Meister angewidert. Ich bin dann heimgegangen.

*

In dieser Nacht sind wir noch lange unterwegs und können kein Unterkommen finden. Das Gras auf den Feldern trieft vom Tau, alle Heuhütten stehen leer, und auf den Höfen sind nur noch die Hunde wach, ich rede nicht gern im Dunkeln mit fremden Hunden. Merkwürdig, wie unwirtlich unser Zeitalter eigentlich ist, wie schnell ein Mensch in die hilfloseste Armut zurücksinkt, wenn er sich nur für eine Weile aus dem Gewirr von Drähten löst und die Bühne verläßt, auf der er sonst sein Puppenschicksal spielt.

Im Morgengrauen halten wir müde und hungrig am Ufer eines Sees, und hier ist meine Geduld zu Ende. Lächerlich, daß mein Scharfsinn nicht ausreichen sollte, wenigstens einen Fisch für das Frühstück aus diesem Wasser zu holen! Was ich dazu brauche, ist leicht zu beschaffen. Eine Weidenrute zunächst, dann ein Stück Zwirn, es tragen ja alle Frauen einen Fadenknäuel bei sich, seit eine von ihnen ihr Glück damit machte.

Der Meister sieht mit Staunen zu, wie ich eine blaue Glaskugel an das Fadenende knüpfe, er weiß ja nicht, daß ich ein Dutzend solcher Kugeln aus meiner Hosentasche zaubern könnte. Weit schwieriger ist es, unserem Mädchen die goldene Nadel abzugewinnen, mit der es seinen

Busen bewehrt hat. Und dann fehlt immer noch das Wichtigste, der Köder an der Angel. Denn selbst der dümmste Fisch ist nicht so dumm, daß er an einer blanken Busennadel hängenbliebe.

In jungen Jahren machte es mir wenig aus, einen Wurm auf den Haken zu fädeln, aber inzwischen bin ich weicher geworden. Voll Erbarmen beugen wir uns über das zuckende Wesen in meiner hohlen Hand. Möglich, daß es genügt, den Wurm mit Zwirn an der Angel festzubinden, wie das Fräulein vorschlägt, kunstgerecht ist es jedenfalls nicht.

Der Meister läuft erregt am Ufer auf und ab, er schwingt unseren großen Schraubenschlüssel in der Hand, für den Fall, daß ich einen sehr großen Fisch fangen würde, der sich vielleicht nicht ohne Handgemenge überwältigen ließe. Im übrigen ist er voll Zuversicht, weil ich ihm erzählt habe, ich hätte früher einmal Fische zu Dutzenden mit der bloßen Hand gefangen. Allerdings war ich damals noch klein und behend und konnte deshalb leicht in den Radkasten der Sägemühle schlüpfen, wo die Forellen ein beschauliches Dasein führten. Aber gleichviel, die Hauptsache beim Fischen ist, daß man eine glückliche Hand hat und nicht etwa den Ehrgeiz, es den Meistern gleichzutun, die hier wie anderwärts unter allen Möglichkeiten eigensinnig die schwierigste wählen und deshalb auch einen Fisch, den sie nur aus dem Bach zu schöpfen brauchten, so lange ärgern, bis er halb irrsinnig vor Zorn und Überdruß bereit ist, sogar ein Stück Blech zu fressen, oder ein Büschel Federn.

Diesmal freilich läßt das Glück länger auf sich warten. Vielleicht liegt es daran, daß ich die Rute nicht ruhig halten kann, ich friere erbärmlich in der Morgenkühle. Und nun kommt auch noch der Meister ungeduldig herbeigetappt und klopft mir auf die Schulter.

Ich winke ärgerlich hinter mich, um die Störung abzuwehren, aber es ist gar nicht der Meister, sondern ein Mann in Uniform.

Dieser Mensch verwickelt mich sogleich in ein hinterhältiges Gespräch. Er will wissen, was diese Schnur im Wasser bedeute, und ob ich etwa vor hätte, Fische zu stehlen.

Ein grobes Wort. Mein Plan war vorerst, einen Fisch zu fangen, alles weitere lag ja bei Gott, aber das ist dem Mann zu schwierig. Nichts als Ausflüchte, behauptet er, zwecklose Redensarten, ich hielte ja den Tatbeweis noch selber in der Hand, das nämlich, was er aus Abscheu nur lateinisch umschreiben kann, als corpus delicti.

Mir ist das alles nicht einerlei. Zeitlebens habe ich mich bemüht, nur solche Missetaten zu verüben, die in keinem Gesetzbuch verzeichnet stehen, ich fange eben an, in Ehren grau zu werden, und nun bin ich doch zu Fall gekommen. Bisher konnte ich mich selber für eine ehrliche Haut halten, und die meisten Leute glaubten es mir auch unbesehen. Aber dieser Mann will meine Redlichkeit bewiesen haben und nun zeigt sich, daß mein ganzes Dasein auf Lug und Trug gebaut ist. Er betrachtet das Bild in meinem Paß und betrachtet mich voll Mißtrauen, denn er sieht natürlich sofort, daß dieses Papier gefälscht ist. Meine Augen sind gar nicht blau, wie da geschrieben steht, sondern ich kann sie nach Belieben grün färben, oder rehbraun, wenn das von Vorteil ist, und daß ich kein besonderes Kennzeichen an mir hätte, ist vollends gelogen. Ich bin unter Tausenden durch ein Muttermal herauszufinden, aber das verschwieg ich damals dem Beamten, weil es an einer Stelle sitzt, die ich aus falscher Scham nicht näher beschreiben mochte.

Um den Meister ist es auch nicht besser bestellt, ihm ist vom Gesicht zu lesen, daß er überhaupt nichts Geschriebenes besitzt, nur Rechnungen für Bier und etliche Zahnstocher in seinen Taschen.

Dafür hat er eine Mappe herbeigeschleppt und fängt an, seine Bilder im Sand auszubreiten, als ob das Gesetz durch Kunst zu bestechen wäre. Hier eine Mühle und hier ein Wirtshaus mit einem Pferd vor der Tür, aber das Pferd fehlt, es konnte nicht so lange warten — lassen Sie das, sagt die Uniform ungerührt.

Sie denkt nach. Irgendwo zwischen den vielen blanken Knöpfen denkt etwas, wägt Recht und Unrecht gegeneinander ab, und alles, was der Uniform einfällt, schreibt sie umständlich in ein kleines Buch.

Das währt lange. Indessen stehen wir schweigend am Ufer und es ist totenstill in der Stunde des Gerichts. Nur das Schilf zischelt gehässig hinter uns, dann und wann gluckst der See, als habe er sich vor Aufregung verschluckt, und wahrscheinlich sind längst alle Fische herbeigeschwommen, um zuzusehen, wie dem Mörder Mensch endlich das Urteil gesprochen wird.

Der Mörder bin ich, aber die Gerechtigkeit schließt auch meine Spießgesellen nicht aus, und manchmal verharrt ihr sinnendes Auge lang auf dem unverwahrten Busen des Mädchens. Vieles geht mir durch den Kopf. Vielleicht sucht man mich seit Jahr und Tag wegen einer Untat, die ich selber längst begraben glaubte, vielleicht auch habe ich überhaupt zu sorglos gelebt und die Kunst des Bürgers verachtet, zur richtigen Zeit das Falsche zu tun und zu warten, bis das Verkehrte wieder richtig ist. Schlimm genug, wenn etwa der König den Bitten seiner Räte nachgab und die Acht über jeden verhängte, der noch auf den alten König geschworen hat. So vieles in der Welt ist anders geworden. Nicht genug, daß die Gerechtigkeit blind ist, wie von jeher, in neuerer Zeit hat sie sich auch noch beschwätzen lassen, ihr Schwert gegen ein Schießgewehr zu vertauschen, und seither laufen die Leute wie Hasen durcheinander, weil niemand weiß, nach wem sie zielt.

Plötzlich fahre ich aus meinen Gedanken, denn es knallt ein Schuß. Aber ich bin nicht getroffen, die Uniform hat nur das Buch zugeklappt. Sie steckt es schweigend wieder zwischen die Knöpfe, dann hebt sie die Hand an den Mützenschirm, löst wieder einen Schuß, diesmal aus den Stiefelschäften, und geht davon.

Was nun? Das Weitere, sagte die Uniform bedeutsam — wir würden es hören. Welch eine Drohung in diesen Worten! Uns Männer trifft es weniger hart, aber das Mädchen? Soll dieses unschuldige Wesen nun des Nachts schlaflos liegen und jeden Morgen angstvoll darauf warten, daß mit hartem Finger an die Tür geklopft wird?

Ich löse mit zitternden Fingern den Knoten an der Angelschnur und biege die Nadel wieder zurecht, aber sie schließt nicht mehr gut, an diesem Morgen mißrät mir alles.

Schadet nichts, vielleicht ist es ohnehin kleidsamer, gar keine Nadel zu tragen. Ein hübscher Mann, sagt das Fräulein nachdenklich. So verwegen sah er aus, fügt sie hinzu, so jung...

*

Dürfen wir einander noch trauen? Lange Zeit fahren wir schweigend über Land. Ich tröste mich rasch, aber der Meister ist völlig verstört, nichts will ihm zusagen, kein Dorf, kein friedlicher Weiler, nur weiter, bis ans Ende der Welt. Manchmal murrt es heftig in seinem Leibe, und dann schaut er ängstlich um sich — nein, es war nichts, kein Verfolger, er selber hat geknurrt.

Später am Tage zieht ein Gewitter auf. Ich danke dem Himmel dafür, denn nun wird der Meister doch Bedenken haben, im Wagen zu bleiben, als ein gefundenes Fressen selbst für den unerfahrensten Blitz. Aber er ist entschlossen, auch vor dieser neuen Heimsuchung zu flüchten, nur die Brille nimmt er von der Nase, weil ja vergoldete Spitzen, wie jedes Kind weiß, als Blitzableiter wirken.

Indessen wächst die Wolkenwand hinter uns am Himmelsrund empor. Alles ringsum verliert sein gewöhnliches Maß. Der Wagen läuft und flieht gleich einem ängstlichen Käfer vor der Dunkelheit, die ihn doch übereilt, vor dem rauschenden Mantel des Sturms, der sich unter dem Himmel bauscht und mit schweren Säumen über die stäubende Erde fegt. Schon hüllt er uns ein, es ist nichts mehr zu erkennen, Aufruhr, tobendes Wasser an den Scheiben. Es ist, als jage uns ein brüllendes Ungeheuer mit Tatzenhieben vor sich her. Im grellen Licht des Blitzes gewahre ich Büsche, platt auf den Boden gedrückt, und ganz nahe die riesige Gestalt eines Baumes, der verzweifelt kämpft und mit den Ästen um sich schlägt. Und dann fährt plötzlich eine Flamme grell aus seiner Krone und da brennt der Baum bei lebendigem Leibe, rotes Feuer leuchtet aus dem Laub. Es kracht und prasselt um uns her, ich spüre, daß mir jemand den Arm um den Hals legt, jetzt, während der Wagen scheut und mit einem Satz zur Seite springt. Ich lache ein wenig mühsam, nichts, es ist vorüber, es war schlecht gezielt.

Nun endlich läßt die Gewalt des Unwetters nach, als habe sich seine Wut mit diesem Fausthieb erschöpft. Es wird lichter, weithin liegt zersplittertes Astwerk auf der Straße. Bäche laufen quer darüber, aber ich steuere mit rauschender Bugwelle hindurch, als sei die christliche Seefahrt mein tägliches Geschäft.

Durch den dünnen Regenschleier fliegt ein Vogel. Ich halte an und öffne ein Fenster, wie Noah in der Arche. Würzige Luft strömt herein, säuerlich duftende, kühle. Hinter uns steigt eine unbeschreibliche Helle auf, es sprüht und funkelt überall im tropfenden Geäst der Sträucher. Eine Weile stehen wir beglückt auf der Straße, wortlos, nur um zu schauen, in dieses köstliche Licht, das aus unseren Gesichtern widerleuchtet und sie jugendlich schmückt.

*

Schon seit dem Morgen, seit wir nach Osten fahren, bewegt mir ein wunderliches Gefühl das Herz, eine drängende Unruhe, ich weiß nicht, was es ist. Aber gegen Abend, während wir bei unserer

Mahlzeit in einem Garten sitzen, sehen wir weit draußen, über Hügel und Wälder weg, etwas Glänzendes unter dem gereinigten Himmel. Nicht Wolken oder Wasser, es sind Berge, und jetzt weiß ich auch, was mich bedrückt.

Ich bin ja viel unterwegs gewesen, so lang ich meinte, das Leben sei ein Hin und Her, nicht ein Auf und Ab. Die Neugier trieb mich immer wieder hinaus, aber das Heimweh begleitete mich, dieses traumschwere Gefühl von Verlorenheit, das mich nirgends in der Fremde wirklich froh werden läßt. Vielleicht ist es wahr, was meine Mutter sagt, daß nämlich dergleichen Leute kein Herz im Leibe haben, wenn sie geboren werden. Und dann, in der ersten Stunde des Lebens, kommen die Hausgeister an die Wiege und haben Mitleid mit so einem armen Kind. Die Ackergeister kommen und jeder bringt ein Körnchen Erde mit, eins vom Feld, eins vom Garten, eins vom Berg herab und daraus wird ein Herz für das Menschenkind gemacht. Damit es auch leben und klopfen kann, geben alle anderen Unsichtbaren das ihre dazu. Die Brunnenfrau mischt das Blut mit seinen Säften und Kräften, der Feuerbutz färbt es rot und gibt ihm die Hitze, und die Geister der vier Winde wirken das Gespinst der

Träume hinein, und alles, was einem sonst das Herz bewegen kann, Fröhlichkeit und Traurigkeit.

So ein Mensch wächst nun heran und hat also ein Herz wie andere Leute auch. Es ist alles gut, solang er daheim bleibt, denn die Jenseitigen sind immer um ihn und behüten das geschenkte Herz. Aber wenn er sich versuchen läßt und in die Fremde geht, dann haben sie keine Macht mehr darüber. Bald fängt das Unheil an, zuerst sind es nur die Träume, die den Menschen ängstigen. Er weiß sie nicht zu deuten und meint, daß er diese mahnenden Gesichte loswerden könne, wenn er nur beharrlich weiterzöge, fort und in die Welt hinein. Aber das Blut wird kalt, und zuletzt stirbt das Herz ganz ab und zerbröckelt in der Brust des Menschen, wie eben eine Handvoll Erde zerbröckelt. Vielleicht möchte er sich jetzt heimwärts wenden in seiner Todesangst, aber es ist zu spät. Dieser Mensch muß sterben, am Heimweh, wie die Leute sagen, im Elend, wie das alte Wort es deutet.

So mag es sich verhalten. Nicht auszudenken, wenn Gott sich in der Zeit vergriffen hätte, und ich wäre auf den Namen Kolumbus getauft worden, oder wie sonst einer von den Waghälsen heißen mochte, die ihren Ruhm darin suchten,

Unfrieden in die Welt zu tragen. Die Wahrheit zu sagen: Läge es an mir, so wäre diese Welt nie über drei Tagreisen hinausgewachsen und das nur vom Hörensagen. Von der Türschwelle gemessen wäre es immer noch verteufelt viel. Ich wüßte nicht, was im Umkreis fehlen könnte, daß ich ausziehen und es aus der Fremde hereinholen müßte.

Wie ich nun aus dem Schatten des Baumgartens auf die Wiese trete, um einen freieren Blick zu haben, gesellen sich auch die Freunde zu mir. Der Wirt hat eine Flasche Wein gebracht, wir trinken uns zu und sind einander herzlich gut, und mit der Weile fängt das Fräulein zu singen an.

Es gibt nicht eben viel, was mich zu Tränen rühren kann. Mein Hund zuweilen mit seiner abgöttischen Liebe, oder ein paar Worte, die ich selber einmal geschrieben habe, und die mich sehr erschüttern, weil mir seither gar nichts mehr recht glücken wollte, ich weiß nicht — weil die Jugend dahin ist. Vor allem aber bewegt mich Gesang. Ich singe ja auch selber, ohne große Kunst natürlich, und doch immer ergreifend für mein Gefühl. Die Sängerin duldet es gern, daß ich meinen Baß zu ihrer hellen Stimme füge, es klingt auch wunderbar zusammen, aber plötzlich verstummt sie und schaut sich betroffen um. Mir war auch, als mische sich von irgendwo her etwas Ungehöriges in unser Lied, ein sonderbares Brummen, aber es ist weit und breit kein Wesen zu entdecken, dem ein solcher Laut zuzutrauen wäre. Der Meister schüttelt die Flasche an seinem Ohr, als vermute er ein grölendes Gespenst in ihrem Bauch, und dann entfernt er sich, um eine bessere zu holen.

Der Wein hat auch mir die Zunge gelöst. Ich möchte jetzt mein Herz weit auftun und der Freundin zeigen, was mich im Innersten bewegt. Aber wie ich es auch wende, es ist doch nur die alte Weise, die mir immer wiederkehrt. Immer nur mein eigenes, schwankendes Bild auf dem Spiegel des Lebenswassers, so oft ich meine, ich hätte nun endlich den Grund in der Tiefe gesehen.

Ich erzähle von meinem Dorf, und wie wir dort leben, daß wir auch gern so beisammen sitzen, auf dem Anger oder auf einer Bank, wenn es Abend wird. Es ist ja nur ein ganz kleines Dorf, nur zwei Zeilen schiefer Hütten den Bach entlang. Aber wir leben dort und wenn man das überdenkt, ist es doch auch wieder viel, eine ganze runde Welt. Es schreit aus den Wiegen, des Nachts keucht die Leidenschaft in den Kammern, und die Sterbenden stöhnen. Wenn es Gott gefiele, und er sammelte uns alle in seiner Hand, die Kinderschar vom Anger weg, die Männer aus der Werkstatt, die Weiber aus den Gärten, höbe uns weg und streute diese Handvoll über einen neuen Stern, gleich ginge die Saat auf, es fehlte gewiß kein Kraut und Unkraut, und der Acker des Lebens begrünte sich nicht anders als hier auf dem Erdenrund. Die Liebe würde brennrot blühen, das Dickicht der Laster schösse empor und was sonst der Böse heimlich dazwischen sät. Aber das Gute gediehe doch auch und wirkte unzerstörbar aus dem Verborgenen.

Alles zusammengenommen sind wir ein großer Haufen Leute mit unserem Handel und Wandel, das spinnt sich weit zurück ins Schattenreich der Toten und trachtet weit voraus ins ungeborene Leben. Narren und Weise gibt es unter uns, Übeltäter und Heilige — nein, Heilige nicht. Denn das, Mädchen, ist auch wahr, die ganz Gerechten mögen wohl für den Himmel gut sein, hier auf der Erde sind sie für nichts zu gebrauchen.

Das Triebwerk der Welt bleibt ja nur im Gang, weil es immer Leute gibt, die das verworrene Geschäft des Lebens herzhaft angreifen und die getrost auch einmal in Sünden fallen, wenn nichts Besseres mehr helfen will, statt gleisnerisch die Augen über sich zu drehen, als müßte ihnen, was sie im Diesseitigen zur Linken versäumt haben, im Jenseits zur Rechten gutgeschrieben werden. Die seligen Väter alle, wie sie Gott um seinen Thron versammelt hat, die Büßer und Prediger, stünden sie denn dort, wenn alle Leute in Sack und Asche liefen, wie sie es getan haben, als sie noch auf Erden weilten? Nein, wenn es zutrifft, daß die Welt ein Jammertal sei, so wüßte ich doch nicht, wo ich lieber wäre, und um sie gar zur Hölle zu machen, muß man doch immer selber den Teufel spielen.

Gott läßt uns ja auch gewähren und schlecht und recht miteinander leben. Dann und wann leidet es einen nicht mehr in der Enge, er knotet den Goldklumpen seiner Einfalt in das Sacktuch und zieht davon, um draußen sein Glück zu machen. Die Einfalt wird er bald los und, was er dafür eingetauscht hat, auch, nach Jahr und Tag ist das ganze Muttererbe vertan und er muß doch wieder zurückkommen. Reicher ist er nicht geworden, glücklicher auch nicht.

So einer läuft dann eine Weile umher und weiß nichts Rechtes zu beginnen, ein Mensch voll Mißtrauen, ein verzagter Mensch. Aber das währt nicht lange, mit der Zeit wird er ruhiger, und was ist es denn, was hat ihn getröstet? Daß die

Dinge, die daheim auf ihn gewartet haben, so beständig in sich selber sind, so redlich und treu, das ist es. So viel Arges dieser Mensch in der Fremde gesehen haben mag, jetzt erst wird er gewahr, daß er das schlimmste aller Übel doch immer im eigenen Herzen bei sich trug, die Untreue. Nur den Treulosen läßt Gott wirklich fallen.

Nun begreift der Heimgekehrte, daß er auch so sein müsse, wahr in sich selber und treu. Gleich hat er wieder Lust, sich ein wenig umzutun, er verliert das Zögernde in seinem Schritt, das Bittere um den Mund. Eine Werkstatt kann er aufmachen und zeigen, was er gelernt hat, er züchtet eine neue Art von Pflaumen, oder wenn ihn die Arbeit überhaupt verdrießt, dann denkt er nur nach, aber aus friedfertigem Gemüt, und läßt seine Gedanken in den Kalender setzen, auch das ist recht. Wenn der Werktag um ist, sitzt er beim Nachbarn vor dem Haus und hat seinen Feierabend mit ihm.

Das tut er um die Zeit der milden Abende im Frühsommer oder im Herbst, wenn die Arbeit auf den Feldern weniger drängt. Nichts ist köstlicher als diese Stunde, in der man Frieden mit sich selber schließt. Jeder überdenkt noch einmal, was der Tag einbrachte, und wendet es um und um. Es war ja nichts Aufregendes, ein wenig Ärger, ein wenig Spaß, er legt es versöhnlich hinter sich.

Laßt mich das noch sagen, Freunde, hört mir zu. Seht den Kirchplatz im verlöschenden Licht, laßt die Augen gemächlich in der Runde wandern und die Gedanken langsam nachfolgen. So sauber ist das alles, so aufgeräumt. Der Rauch steigt reinlich aus den Dächern und kräuselt sich in der stillen Luft, dann und wann, wie vom Himmel herab, weht einem ein würziger Geruch in die Nase, es riecht nach Käsesuppe und Sauerkraut.

Inzwischen geschieht auch allerlei auf dem Platz, aber eins nach dem andern, es überstürzt sich nichts. Jetzt treiben die Weiber das Vieh zum Brunnen, die Kühe saufen aus dem Trog, und dann stehen sie noch versonnen herum, das Wasser tropft aus ihren Mäulern und am anderen Ende geschieht auch, was geschehen muß, aber das merken sie gar nicht, das ist schon viel zu entlegen für ihren Verstand.

So sehr verliert man sich allmählich in diesem dämmrigen Schauen, daß einem ist, als hätten die Geschehnisse nicht mehr ihren gewöhnlichen, nüchternen Sinn, sondern einen ganz anderen, geheimnisvollen. Gegenüber läuft ein Kind aus der

Tür, es trägt einen Topf in beiden Händen, aber nun stolpert es über seinen langen Kittel und fällt hin und der Topf rollt davon.

Was soll nun daraus werden? Das Kind liegt da und schreit erbärmlich, kommt ihm niemand zu Hilfe? Doch, sein guter Engel schwebt unsichtbar herab und verscheucht den bösen, der dem Kind ein Bein gestellt hat, er setzt es wieder zurecht und wischt ihm Sand und Tränen aus dem Gesicht, — sei still, sagt der Engel. Das Kind hört aufmerksam an, was ihm ins Ohr geflüstert wird, dann holt es den Topf herbei und fängt an, kleine Steinchen darin zu sammeln.

So weit wäre also die Sache vortrefflich geschlichtet, wenn nicht jetzt die Mutter gelaufen käme und dem Kind den Topf wieder entrisse, weil sie es um Wasser zum Brunnen geschickt hat und nicht, damit es Straßendreck in ihren Hafen fülle. Das aber konnte wiederum der Engel nicht wissen, beleidigt schlägt er seine Flügel und hebt sich hinweg.

Unsereins zieht eine Lehre daraus. Wie dieses Kind, denkt man, bist du ja selber unterwegs mit deinem Topf in Händen und meinst, du dürftest dich auf deine Weise trösten, wenn dich ein Unheil zu Fall gebracht hat. Aber das ist nicht so, zuletzt mußt du doch verrichten, was dir am Anfang aufgegeben wurde.

Mit der Weile dämmert es mehr und mehr. Stille sinkt vom Himmel herab, die Vögel schweigen auch und alle geschwätzige Kreatur. Es öffnet sich gleichsam das Tor der Nacht, damit die Stimme des Unvergänglichen wieder hörbar werde, ein letzter Nachhall des freudigen Schöpfungsgesanges, den Gott anstimmte, als er die Welt erschuf, Wasserrauschen, Windgeflüster aus Laub und Gras und vor allem jener unirdische Klang aus der Himmelstiefe, den wir mit Ohren nicht hören, nur als Widerhall in der eigenen Brust. Der Abendwind treibt sich noch ein wenig herum, wie ein eifriges Hündchen trägt er herbei, was er gefunden hat, einen erstickten Ruf, ein Gelächter vom Hügel herab, wo die Burschen unter den Stauden sitzen und ihre Mädchen halsen.

Das gehört ja auch dazu, das ist immer so gewesen. Uns lockt es ja nicht mehr von den Bänken weg, es wäre zu mühsam, aber wir wissen noch, wie es tut, in solch einer Nacht unter den Hollerbüschen zu liegen, wenn der sanfte Sternenschein das Mädchen weicher stimmt und die Heimlichkeit es gefügig macht, so daß es sich willig in den Arm nehmen läßt und sogar selber noch ein wenig näher rückt, denn so überaus warm ist die Nacht nun doch wieder nicht.

Für uns ist das vorüber, wie lange ist es vorbei? Ach, Kindheit und Jugend, traumschnell vergangen, und dann ein paar Jahre tätigen Lebens, und unversehens ist man schon unterwegs auf der letzten Straße...

Nein, ich will nicht mehr klagen, daß es still geworden sei. Freilich darf man auch nicht träge auf dem Fleck verharren und sich durchaus selbst genügen, wie eine Muschel im Sumpf, so meine ich es nicht. Es ist wahr, daß man sich umsehen muß, wie das Fräulein meint, in der Welt, unter den Menschen, im tätigen Leben kurzum. Aber wenn einem der scharfe Wind um die Nase weht, soll man nicht meinen, es käme darauf an, selber Wind zu machen.

Wie weit reicht die Kraft eines Menschen wirklich? Fragt doch einen Mächtigen der Erde, aber fragt ihn am Ende seines Lebens, womit er vor den letzten Richter treten will, mit den glänzenden Taten, die ihm Ruhm einbrachten, oder mit den stillen Werken der Güte von Hand zu Hand, die ihm daneben so spärlich geraten sind. Denn wer Großes wagt, muß doch immer im Kleinen unrecht tun.

Mag es jeder deuten, wie er will, wahr ist doch, daß dem Menschen nicht Unsterblichkeit verheißen wurde, sondern das ewige Leben, wenn er guten Willens ist.

Möglich, wendet das Mädchen ein, daß ein Mensch auf diese Art zufrieden sein kann, ein älterer Mensch. Aber die Jugend, ist es nicht ihr Recht, nach dem Höchsten zu streben, nach fernen Zielen, die den Sinn des Daseins ausmachen, wenn man auch darüber zu oft das Nächste versäumt?

Ach, sage ich, schon unterwegs mit meinen Gedanken, — laß die Menschheit, sei ein Mensch!

DER ROSSHEILIGE

Die Legende erzählt, der heilige Leonhard sei zu seinen Lebzeiten ein vielvermögender Mann gewesen, hoch angesehen am Hof des Königs der Franken und selbst von fürstlichem Blut. Das kann so sein. Es wird auch überliefert, daß der junge Ritter mit den Jahren sein wüstes Herrenleben satt bekam, das Saufen und Raufen und Bauernschinden. Daß er also zuletzt in die Wälder floh, um alles Irdische von sich abzutun und ein gottseliger Einsiedler zu werden, was ihm freilich auch nicht vollkommen gelang. Denn ein wahrer und geborener Herr wird seine Sporen so schwer los wie ein armer Teufel die Holzschuhe. Leonhard mußte wider Willen ein Kloster gründen und Abt werden, und als er starb, war er ein mächtiger Mann Gottes und weit berühmt.

So ist uns die Geschichte Leonhards von den Alten überkommen. Aber ich selbst kenne den Heiligen noch anders. In meiner Knabenzeit war er jahrelang unser nächster Nachbar, er wohnte eigentlich ganz mitten unter uns, gleich neben dem Roßstall in einer gemauerten Nische. Der fromme Stifter hatte seinerzeit vielleicht vorgehabt, eine richtige Kapelle zu bauen, als er den Heiligen hier unter der Schirmfichte ansiedelte, ein geräumiges Häuschen mit einem Dachstuhl und farbigen

Fenstern an der Seite. Aber wahrscheinlich wurde ihm die Sache dann doch zu weitläufig. Wer baute auch gleich eine Kathedrale zum Dank für einen kurierten Gaul? Richtig überlegt, genügte es, wenn nur der Heilige selbst unter Dach kam. Die Gläubigen mochten ebenso gut unterm freien Himmel bleiben, sie waren ohnehin nicht ins Gelübde genommen worden.

Und so stand denn Leonhard im rötlichen Dämmerlicht seiner halben Kapelle, stand in sich versunken Jahr und Tag auf dem Sockel und ließ sich nicht anmerken, daß ihn etwas an diesem wunderlichen Gehäuse verdroß.

Er hatte freilich auch viel Kurzweil und einen freundlichen Ausblick über den besonnten Anger hin, auf dem wir Kinder unser Wesen trieben. Hinterwärts wölbte sich die Halde zu einem sanften Hügel auf, ein paar krumme Birken standen oben, etliche Büsche Sauerdorn und Wacholder. Gegen den Bach zu aber lag der große Zimmerplatz. Dort arbeitete der Vater mit den anderen Gesellen den langen Sommer hindurch und ging mit dem breiten Beil Schritt für Schritt die Kanthölzer auf und ab.

Der Vater litt es gern, wenn wir ihm bei seinem bedächtigen Tagwerk um die Beine krochen und da unser Spielzeug zusammensuchten, Späne und Klötzchen. Manchmal langte er auch selber zu und formte uns ein Wickelkind aus einem Bohrzapfen oder ein Schiffchen aus Rinde, er konnte die wunderbarsten Dinge mit ein paar geschickten Griffen seiner langsamen Hände machen.

Wir Kinder waren immer zu dritt, ein ganz winziger Knirps namens Anton, Sohn des Wegmachers, der nichts weiter zu bedeuten hatte, dann die Mesnertochter Marianne, schlau und mager und herrschsüchtig, und endlich ich selbst mit meinem ängstlichen Drang zum Abenteuer. Aber bei allem, was wir unternahmen, war auch der Heilige mit im Spiel. Nicht, daß er sich geradezu beteiligte und etwa plötzlich herausgelaufen kam oder dazwischenschrie, wenn wir drüben auf dem Hügel einander in den Haaren lagen, nein. Er sah nur aufmerksam zu, ein wenig vornübergebeugt, das Kinn in den Bart gedrückt, friedfertig und dennoch ein bißchen unheimlich. Ich erinnere mich heute noch gut des Gefühls von Beklommenheit und Scheu, das mich immer ankam, wenn ich im Vorbeistreifen unversehens seinem Blick begegnete.

Marianne freilich war weniger ängstlich, die ging ohne jedes Bedenken bei Leonhard ein und aus, und das aus Erfahrenheit, nicht aus bloßem

Unverstand wie der kleine Anton. Sie hatte ja an der Hand der Mutter täglich mit Dingen zu tun, die noch um vieles heiliger waren als ein gewöhnlicher Nothelfer. Marianne putzte die Meßgeräte in der Sakristei blank und lief am Morgen vor der Messe mit dem Staubtuch rund um den Hochaltar, was andere Menschen nur mit vielem Kniebeugen hätten wagen dürfen. Und was vollends unsern Leonhard betraf, der wie jeder andere Straßenheilige in Wind und Wetter seinen Dienst tun mußte, — ihn kannte Marianne von der allermenschlichsten Seite. In jedem Frühjahr nämlich, zur Osterzeit, kam die Mesnerin mit einem Kübel Wasser vom Dorf herauf, um den Heiligen zu baden. Und so sehr er sich mit stummer Würde und erhobenen Armen dagegen verwahren mochte, sie hob ihn ohne Umstände vom Sockel, legte ihn auf den Rücken und rieb mit Bürste und Seife die Spinnweben aus den Falten seines Abtgewandes. Marianne aber stand dabei und hielt ihn am Kopfe fest, damit er nicht ins Rollen kam. Das geschah am hellen Tag und vor aller Augen, und wenn auch der Heilige nachher wieder würdevoll in der Nische stand, mir schien es doch, als sei er ein wenig blässer von Farbe, ein bißchen vergrämt.

Nein, ich konnte nicht so ohne alle Ehrfurcht

mit Leonhard umgehen wie das Mädchen, ich wußte ja auch mehr als sie von seiner geheimen Macht. Einmal war ich Zeuge eines unbegreiflichen Wunders, das der Nothelfer wirkte. Nur benahm ich mich leider sehr unwürdig dabei, und das mag auch der Grund sein, warum ich später nie wieder eines erlebte.

Damals geschah es nämlich, daß der Gaul des Nachbars plötzlich auf der Streu lag, mit einem gräßlich aufgetriebenen Bauch, von schaumigem Schweiß bedeckt und offensichtlich am Verenden. In der letzten Not nahm mich der alte Roßknecht beiseite und drückte mir ein Geldstück in die Hand. — Lauf zum Krämer! sagte er. Ich sollte eilends eine gute Kerze kaufen und sie vor dem heiligen Leonhard in der Nische anzünden.

So rannte ich denn davon. Aber der Teufel, der gern in Pferdeställen nistet, der Versucher lief mit mir und blies mir unterwegs einen schändlichen Gedanken ein.

Mußte es eigentlich unbedingt eine Kerze sein? dachte ich. War nicht anzunehmen, daß dem Heiligen ein Stück Lebkuchen noch wohlgefälliger in die Nase duftete als ein Wachslicht? Und obendrein ging Lebkuchen nicht unnütz in Rauch und Gestank auf, sondern man konnte ihn später einmal, wenn sich Leonhard längst daran sattgeweidet hatte, vielleicht gegen einen Rosenkranz eintauschen oder gegen einen Armvoll Blumen.

Gut also, ich erstand wirklich ein großes Lebkuchenherz statt der Kerze und war guten Willens, es für das kranke Roß aufzuopfern. Aber der Weg zog sich immerhin lang genug, daß mich der Teufel noch einmal anfechten konnte. Ich trug das Herz sauber eingewickelt unter dem Arm, und im Laufen drückte ich ein bißchen dagegen, denn der Heilige, dachte ich, würde es doch wohl als ein Mißgeschick gelten lassen, wenn etwa ein Endchen abbrach und mir zufiel. Indes ich auf halbem Wege einmal nachsah und das Weihgeschenk leider noch wohlgerundet fand, kam mir auch schon in den Sinn, es möchte dem Heiligen vielleicht überhaupt nichts ausmachen, ob er nun ein Herz oder ein Viereck bekam. Gleich fing ich an, rund herum zu nagen, zuerst ins Quadrat, das fiel uneben aus, dann auf ein Dreieck, das machte sich nicht gut, und endlich im Kreis. Der aber war wiederum so schwierig zu treffen, daß der Kuchen schließlich nicht mehr viel über einen Taler groß blieb, als ich vor der Kapelle ankam und ihn dem Heiligen zu Füßen legte.

Sankt Leonhard aber sah streng und wissend auf

die kümmerliche Scheibe nieder. Ach, ich merkte sogleich, daß er alles durchschaute! In Herzensangst und Reue gestand ich meine Untat und stammelte meinen ganzen Vorrat an Gebeten her. Ich bot dem Gottesmann alle meine Spargroschen zur Sühne an und beschwor ihn flehentlich, er möchte doch mich selbst mit dem gräßlichen Bauchgrimmen züchtigen, aber den armen Gaul nicht meine Sünde entgelten lassen, — nein, es war vergeblich. Nichts konnte den Zürnenden rühren, nicht das kleinste Lächeln der Verzeihung kräuselte sich um seinen stummen Mund. Er starrte nur und starrte auf den angekauten Lebkuchen herab. Völlig gebrochen und der schrecklichsten Strafen in Zeit und Ewigkeit gewärtig, wankte ich endlich davon.

Aber seht nur, so ist Leonhard, der gute, der große Heilige, der Patron aller reumütigen Spitzbuben! Als ich wieder zu den Nachbarsleuten geschlichen kam, um mit ihnen den toten Rappen zu beweinen, da lag der gar nicht steif und verreckt im Stroh, sondern stand munter auf allen vieren und fraß schon Hafer aus dem Trog. Alle hatten mitangesehen, wie der Teufel gleichsam mit Blitz und Schwefel aus ihm entwichen war, und das zweifellos in dem Augenblick, als ich die Kerze in der Kapelle anzündete. Nun, ich schwieg. Ich hatte nichts dagegen, daß der alte Roßknecht den heiligen Leonhard in alle Himmel pries, in Wirklichkeit war das Wunder ja noch viel größer gewesen, als er ahnen konnte. Denn der Heilige hatte ohne Lohn geholfen, aus reiner Gutmütigkeit.

Leonhard verzieh mir vollkommen, er sah gleichsam über mich weg, wenn ich in der nächsten Zeit bei ihm vorüberschlich. Eine Weile wartete ich noch auf das Bauchgrimmen, das ich ihm zur Sühne angeboten hatte; aber selbst darauf verzichtete er, und so ist mein Frevel bis zum heutigen Tag ungestraft geblieben.

Oh, ich hatte meine Gründe, anders über Sankt Leonhard zu denken als die naseweise Marianne. Für mich war seine reglose Gestalt wunderträchtig, von geheimnisvollem Leben erfüllt. Es verschlug gar nichts, wenn er wirklich nur aus totem Holz geschnitzt war, wie das Mädchen behauptete. Konnte totes Holz schmunzeln oder scharf in die Tiefe schauen wie er? Leonhard trug eine schwere, drei Ellen lange Eisenkette auf der vorgestreckten Hand. Wer konnte sagen, ob es ihm nicht insgeheim unsagbare Mühe machte, sie immerfort so ruhig zu halten? Ob er den Arm nicht doch zuzeiten sinken ließ, nachts, wenn niemand um die Wege war? Vielleicht zog er manchmal auch den einen Schuh zurück und vertrat sich die Füße ein wenig, oder er stieg überhaupt herunter, um sich für eine Weile in sein rotverglastes Fensterchen zu lehnen. Ich wäre ums Leben nicht im Dunkeln an der Nische vorbeigegangen, aus Angst, ihn einmal so zu überraschen.

Marianne wiederum hatte ihre heimliche Lust daran, unziemliche Händel zwischen mir und dem Heiligen zu stiften. Grausam, wie auch ganz kleine Mädchen mitunter schon sind, befahl sie mir manchmal plötzlich beim Spiel, zur Kapelle zu gehen und die eisernen Kühe auszuleihen.

Leonhard hatte nämlich eine Menge Hausrat um sich her angesammelt, er war auf seine Art wohlhabend. Da hingen an der Wand unzählige Hufeisen in Reihen und Figuren geordnet, manche mit Namen und Jahrtag, gedrehte Halsringe dazwischen und lange Ketten, deren eine dreimal unter dem Dachstuhl hin und wider lief. Das letzte Glied war in Kreuzform auseinander getrieben, „Sankt Leonhard, gib Fried!“ stand darauf eingegraben. Es ging die Sage, eine junge Bäuerin hätte sich in Kindsnöten verlobt, für jedes Jahr, das ihr noch geschenkt würde, ein Kettenglied zu stiften. Und der Heilige machte sich auch wirklich den Spaß und verhalf der Frau zu einem biblischen Alter. An die siebzig Glieder konnte man zählen, was Wunder, daß sie es schließlich satt bekam!

Um die Füße des Heiligen aber wimmelte es von vielerlei sonderbarem Getier, alles mit grober Hand aus Eisen geschmiedet. Pferdchen gab es da, ungeschlachte Rösser auf steifen Beinen, manche mit einem Reiter auf dem Rücken, der wie eine zwieschwänzige Rübe aussah. Plattgehämmerte Kröten, von den Wöchnerinnen gestiftet, und vor allem Kühe. Diese hatte der Schmied besonders schön gemacht, mit eingesetztem Euter und langen, spitzen Hörnern. Diese Kühe taugten freilich viel besser für unsere Rindenställe auf dem Hügel als gewöhnliche Fichtenzapfen und Holzklötze.

Wollte ich mich nun nicht geradezu widersetzen, was schwer möglich war, weil Marianne dann sogleich mit verächtlich aufgeworfener Nase zu den Nachbarbuben lief — mußte ich also den Raub wagen, so versah ich mich immer zunächst mit einer Handvoll Blumen. Die hielt ich dann dem Heiligen vor die Augen, damit er es nicht gleich merkte, wenn ich ihm unterhalb seine Kühe wegnahm. Konnte man wissen, ob es ihm nicht einfiel, einmal schnell den Fuß darauf zu setzen?

Aber das tat er nie. Er war überhaupt unendlich geduldig und ganz gewiß ein seelenguter Mann. Ich weiß nicht, warum ich damals nur mit einem Herzen voll Bangigkeit vor ihn treten konnte. Es mochte an der rätselvollen Gewalt seines Blickes liegen; er traf mich und ging zugleich ins Ferne, wenn ich barbeiniger Zwerg zu seinen Füßen stand, und er beugte das Haupt über mich, ein Riese an Fülle und Wucht des Leibes. Der Schnitzer hatte ihm ein seltsames Gesicht gegeben, nicht das eines Edelmannes, sondern ein Bauerngesicht, jedermanns Angesicht. Es sollte vielleicht sanftmütig ausfallen, wie sich das für einen Heiligen ziemte, aber unter der Hand geriet es dem Meister anders, und nun lebte alles Menschliche darin, im Zug des Mundes, den der Bart umkräuselte, in den Furchen der Stirn, die sich kugelig aus den Schläfen wölbte. So konnte Leonhard, was nur ein Bauer kann: versagen und gewähren, lächeln und zürnen, ohne eine Miene dabei zu verziehen.

Die Leute aber vertrauten ihm und liefen von weither zu, weil sie ihn als ihresgleichen erkannten. Leonhard ist der Patron für die ganz großen Übel des Lebens, der Schuldentilger, der Kettenbrecher. Er hilft bei gefährlicher Krankheit, wenn sonst nirgends mehr Rat zu holen ist, und vor allem schützt er die dienenden Tiere, die schuldlos leidenden. Auch das Ungeborene im Mutterleib hat ihm Gott anvertraut. Andere Heilige sind für diese oder jene Bedrängnis nützlich — sie wenden Feuersnot ab, sie schlichten Streit, sie helfen Verlorenes wiederfinden; es ist ja gut, daß man sie hat. Aber an Leonhard wendet sich der Mensch, wenn ihn etwas Jenseitiges antritt, das dunkle Schicksal selber.

Der Roßknecht Martin hat mir dann und wann aus dem Leben des Heiligen erzählt. Gewöhnlich war der Alte verschlossen und hielt sich knapp mit der Rede, aber seit mich Leonhard so wunderbar erhörte, zog er mich manchmal ins Gespräch, während er im Stall seine gemächliche Arbeit tat.

„Hierzulande“, sagte er wohl, „in dieser Gegend kennt man den Leonhard wenig, kaum, daß ihm das Nötigste geschieht. Aber dort, wo ich daheim bin, im Vorland draußen, dort ist er der erste in der Litanei, die ganze Kirche gehört ihm zu! An seinem Jahrtag reiten ihm die Mannsleute von den Höfen die Gäule vor, damit er sieht, wie sein Segen angeschlagen hat, und damit er sie fürs andere Jahr in Obhut nimmt. Da legt sich ein Knecht ins Zeug, verstehst du, mit Striegeln und

Putzen die ganze Woche vorher, er hat auch Hafer zur Seite geschafft, damit der Braune ein wenig Feuer ins Blut bekommt und nicht an seinem Ehrentag den Kopf hängen läßt. Und zum Feierabend steht der Gaul blankgeputzt im Stand, mit einem Hintern, so glatt, daß sich die Dirn darin spiegeln kann, wenn sie jetzt das Bänderzeug in den Stall bringt. In der Frühe nach dem Tränken werden nämlich Seidenbänder in Schweif und Mähne geflochten, und zum Schluß tut der Knecht ein übriges und bindet ein paar Büsche Blumen auf den Halfter und die Kruppe. Denn er ist ja noch ein junger Kerl, er hat noch Anwartschaft auf allerlei Nelkenstöcke und Geranien in der Umgebung."

Gut soweit, der Knecht führt also den Gaul heraus, und der Bauer sitzt auf. Man läßt den Braunen ein bißchen tanzen und steigen, hinten auf dem Anger, wo es niemand sieht, wenn der Reiter fürs erste noch einen argen Buckel macht. Dann krachen auch schon die Böller, man rückt auf den Dorfplatz und sucht sich einen Platz im Zug, wo es einem nach dem Herkommen zusteht.

„So etwas", sagte der alte Knecht, „so etwas Prächtiges kannst du dir gar nicht ausmalen. Die Musik schlägt ein und bläst mit einer solchen Gewalt, daß der Braune immerfort den Kopf schütteln muß. Alle Vereine sind da mit ihren Fahnen, Fahnen haben auch die Häuser ausgesteckt, und dann die Blumen überall, und die Gäule selbst, natürlich, mit den glänzenden Beschlägen, und die Reiter in gestärkten Hemden, blütenweiß, und mit Bändern auf dem Hut. Und voran der Pfarrer mit dem Allerheiligsten unterm Himmel, mit zwei Leviten links und rechts, alle im Meßgewand, und hintendrein acht weiße Jungfrauen, die ihm antworten, wenn er nach dem Umgang den Leonhardisegen spricht. Ja, das ist ein Fest", sagte der Knecht, „das sind glorreiche Tage in der Jugend gewesen, die vergißt man sein Lebtag nicht mehr."

Aber Sankt Leonhard verdient es auch, daß man ihm Ehre antut, schon wenn man sein Leben und Wirken betrachtet. „Du mußt nicht meinen", erklärte mir der alte Martin, „daß ein Heiliger nun einfach seinen Schein um den Kopf hat und ohne Anfechtung leben kann. Leonhard zum Beispiel verkroch sich tief in den Wald hinein und war keinem Menschen zur Last. Aber denkst du, daß er dort seinen Frieden hatte?

Nein, da lebte nämlich sein Halbbruder in der Stadt, der war Koch beim König, oder Roßknecht. Ich weiß nicht, soff er oder stahl er, jedenfalls kamen sie ihm dahinter, und der König ließ ihn in der ersten Wut an eine Kette schmieden, die war so schwer und so lang, daß man sie oben an die Windfahne hängen mußte, wenn der Mann tief unten in dem Turm hockte.

Nun konnte Leonhard aber seinen Bruder nicht im Elend sitzen lassen, sondern als er davon erfuhr, rückte er aus dem Wald heraus, haarig und lausig wie er war, und hinein in das Schloß zum König.

‚Höre', sagte er, ‚ich bin doch der heilige Leonhard, und du hängst mir meinen Bruder an die Kette, das geht nicht! Du bringst mich ja ins Gerede', sagte er.

Das sah der König dann auch ein, und weil er sich's mit einem Heiligen nicht verderben wollte, ließ er den Burschen wieder laufen.

Leonhard nahm ihn mit sich in den Wald, um ihm das Luderleben auszutreiben durch Arbeit und magere Kost. Aber siehst du, die Sache sprach sich doch herum. Jedermann konnte ja die leere Kette im Turm hängen sehen. Und sooft nun ein Galgenvogel irgendwo in der Gegend gefangen wurde, gleich kam die ganze Verwandtschaft zu Leonhard in den Wald gerannt und lag ihm so lang in den Ohren, bis er sich doch wieder erbarmte. Mit der Zeit übte er sich natürlich und seine Wunderkraft nahm derart zu, daß er schon gar nicht mehr aus dem Wald zu laufen brauchte, er wirkte auch in der Ferne durch die große Macht seines Gebetes.

Auf diese Weise fand sich allmählich ein Haufen Leute um den Heiligen zusammen. Manche darunter waren wirklich bußfertig und meinten es ehrlich mit ihrer Bekehrung, aber andere dachten: einer, der Spitzbuben in einem finsteren Wald sammelt, könnte leicht ganz andere Dinge im Sinn haben als ein gottseliges Leben."

„Oho", sagte der Roßknecht, „da kamen sie aber an den Unrechten, bilde dir nur nichts ein! In der Frühe heraus, mein Lieber, und Bäume umreißen und Steine schleppen den ganzen Tag, und abends wieder nur Wurzelsuppe und nachher Predigt und Litanei; dabei wurden die Tagediebe alle zahm und weich wie Wachs.

Holz und Steine brauchte der Heilige, weil er eine Kirche bauen wollte, ein Kloster für seine ganze Jüngerschaft. Es war ja auf die Dauer unwürdig und der Seele nicht heilsam, daß sie alle nachts noch immer wie das Wildbret unter die Sträucher kriechen mußten.

Tagaus, tagein lief Leonhard auf dem Bauplatz hin und her, mit seinen Fingern im Bart. Er dachte nach und rechnete und maß, und die Mauern schossen wunderbar in die Höhe, weit über den Wald hinaus. Es währte gar nicht lang, da war alles richtig unter Dach; die fromme Bruderschaft hatte selber ihre Freude daran. Jeder lag in seiner sauberen Zelle auf dem Strohsack, gar nicht zu reden von der Kirche. Die war auf das prächtigste ausgestattet, versteht sich, mit silbernen Leuchtern und gewirkten Teppichen und allem, was dazu gehört. Der Heilige in seiner Unschuld dachte sich nichts weiter dabei. Es fiel ihm nicht ein, daß unter den Brüdern eben mancher war, der sich noch immer gut auf sein altes Handwerk verstand, wenn auch nunmehr zur Ehre des Herrn. Nur eine Glocke fehlte noch, und auch die würde Gott bei Gelegenheit schicken, meinte der harmlose Leonhard. Aber sie fehlte wohl nur, weil so ein Ding mächtig schwer war und nicht so leicht im Kuttenärmel zu verstecken.

Ja, schon recht. Allein, der böse Feind ging um und wollte keinen Frieden, der Ohrenbläser. Er drang bis zum König und flüsterte ihm allerlei zu. Ob er denn gar nicht merkte, was drüben im Walde vorginge? Daß man ihm dort eine feste

Burg vor die Nase setzte und Kriegsleute sammelte? Und daß es ihm wahrscheinlich an Thron und Leben gehen solle?

‚Was Teufel!' sagte der König, stieg zuoberst auf sein Schloß und sah wirklich Dach und Turm über den Wald emporragen. Das ging den König hart an. Kein Verlaß auf die Leute, dachte er, nicht einmal auf einen Heiligen! Und dann ließ er Sturm blasen.

Zur gleichen Zeit aber ritt die Frau Königin mit ihrem Schimmel aus. Sie war hochschwanger und wollte noch einmal Luft schöpfen, ehe ihre Stunde kam.

Nun weiß man nicht genau, wie es geschah, ging ihr der Schimmel durch oder hatte sie ihre Sinne nicht mehr ganz beisammen, jedenfalls verirrte sie sich im Walde und wußte nicht aus und ein. Als sie die Brüder endlich fanden, lag sie auf dem Moos und schrie schon in den ersten Wehen.

Das war nun eine heillose Sache, wie sich denken läßt. Die Brüder standen herum und kratzten sich die Stoppelbärte; schließlich meinte einer, man müsse die hohe Frau zu Leonhard in die Zelle tragen. Aber das half auch nicht viel, sie klagte laut und jämmerlich, daß sie stürbe, wenn man ihr keine Hebamme brächte. Und dergleichen gab es weit herum nicht. Es war zufällig auch kein Bader zur Hand, obwohl sonst selten einer fehlt, wo sich ein paar Gauldiebe zusammenfinden."

„Und der Heilige selbst wußte auch keinen Rat", erzählte der alte Knecht. „Natürlich", meinte er, „auf eine Roßkur verstand sich Leonhard, aber bei einer Königin, wie sage ich gleich — ach, du begreifst es doch nicht.

Zuletzt warf sich der Heilige wieder einmal in die Knie und bat den Herrn und die Jungfrau um eine glückliche Geburt für die Königin. Es war ja bisher nicht sein Amt gewesen, kreißenden Frauen zu helfen, aber Gott erhörte ihn doch sogleich und schenkte ihm auch noch diese Gabe dazu. Je lauter der Heilige schrie, um so stiller wurde es in der Kammer, und plötzlich ging die Tür auf, und die Frau Königin trat heraus, heil und gesund, mit ihrem neugeborenen Knaben an der Brust.

Inzwischen hörte man draußen Hörner blasen; da rückte der König mit seiner ganzen Kriegsmacht durch den Wald heran. Er hatte alle seine Reiter mitgenommen, und die Landsknechte, und seine Kanoniere dazu, die lösten auch gleich ein Geschütz, so daß die Kugel krachend in das Klosterdach schlug. Die Brüder bekamen es mit der Angst zu tun, sie meinten nichts anderes, als daß sie nun doch alle an den Galgen müßten, und der und jener hatte etwas zu bekennen, was dem Heiligen neu war.

Aber er gebot ihnen fürs erste Schweigen. Leonhard öffnete das Tor und führte die Königin an der Hand hinaus, und nun war der König an der Reihe, ein albernes Gesicht zu machen, eine Miene, wie sie alle Väter aufsetzen, wenn man ihnen den Erstgeborenen in den Arm legt.

Er war vor lauter Freude zu jeder Dummheit aufgelegt, und als König brauchte er auch dabei nicht zu sparen. Stehenden Fußes wollte er dem heiligen Leonhard ein ganzes Bistum schenken, den Wald, soweit er reichte, und Höfe und Weiler und selbstverständlich auch Fischwasser genug; unsereinem läuft das Wasser dabei zusammen.

Aber siehst du, dem Heiligen machte es gar nichts aus, der lächelte nur. ‚Soviel ich auf einem blinden und lahmen Gaul umreiten kann', sagte er, ‚ohne Zügel und an einem Tag, so viel will ich nehmen.'

Die Brüder schüttelten betrübt den Kopf, als sie den Vater auf die Schindmähre hoben, Gottvater selber schüttelte vielleicht das Haupt und beschloß, sich da ins Mittel zu legen. Es ist ja schön, dem Herrn in der Armut zu dienen, aber er braucht auch Leute, die ihm das Zeitliche verwalten. Und als Leonhard nun im Sattel saß, streckte sich der Gaul unter ihm, wieherte und griff aus wie ein Jährling. An dem Tag trabte er noch so weit, daß es für ein kleines Fürstentum gereicht hätte. Ja, es half nichts, Leonhard wurde doch noch Herr einer großen Abtei.

Aber die Armen vergaß er deswegen nie. Gefangene zu lösen und Kranke zu retten, Gebärende zu stärken und Rösser zu kurieren, das blieb seine Freude bis ins hohe Alter hinein, bis auf den heutigen Tag, seit er im Heiligenhimmel sitzt.

Zähle nur einmal die Hufeisen drüben in der Kapelle", sagte mir der Roßknecht, „dann kannst du ermessen, was für ein Segen Leonhard nur für meinen Stand ist, und nebenbei noch das Rindvieh und unsere eigene Anfälligkeit!"

Ja, es muß wahr sein. Leonhard, eiserner Heiliger, später im Leben kam ich noch oft ins Gedränge und hätte Not genug gehabt, dich anzurufen, du schweigsamer und rätselvoller Freund meiner Kindheit! Aber da war ich deinem Blick entrückt, da hatte ich dich vergessen, da war ich längst sehr klug geworden und meinte, Wissen sei besser als Glauben.

Nun, so treibt man es eben eine Weile. Aber ich

könnte mir denken: Wenn ich dereinst alt würde, und ich fände die Nische noch unter der Schirmfichte neben dem Roßstall, vielleicht stiftete ich dann auch ein Kreuz aus Eisen und grübe meine letzte Bitte hinein:

Sankt Leonhard, gib Frieden!

MARSCHMUSIK

Einige im Dorf, die mit mir jung waren, erinnern sich wohl noch an das alte Krämerhaus neben der Kirche, und dann wissen sie auch, daß dort ein Schrank oben in der geräumigen Diele stand, ein riesiges Gehäuse, aus Lärchenholz gezimmert und mit ungefügem Schnitzwerk verziert.

An großen Festtagen, zu Floriani etwa oder zu Fronleichnam, stieg der Vorstand schon frühmorgens mit dem Schlüssel in der Hand die Treppe hinauf, und immer durften auch etliche Buben hinter ihm her stolpern, denn in jenem Schrank wurden die Fahnen aller Vereine aufbewahrt, und der alte Mann hielt viel darauf, daß die Jungen beizeiten lernten, das Hergebrachte zu achten.

Wenn er nun schweratmend und umständlich die Türen aufschloß, dann öffnete sich gleichsam das Himmelstor, und eine Flut von Farben drängte ans Licht, von prunkender Seide und blassem Gold. Waren es etwa die Schützen, die ihren Jahrtag feiern wollten, so hob der Vorstand die grünseidene Fahne vom Schragen. Er hatte den Hauptmann und den Fähnrich hinter sich, alle drei traten an das Fenster und entrollten das ehrwürdige Tuch, um es wieder einmal zu betrachten. Auf der einen Seite war der Ritter Georg aufgemalt. Silbern gerüstet und freundlich lächelnd heftete er den Wurm mit der Lanze an die Erde. Wenn der Hauptmann mit seinem groben Finger über die Seide fuhr, knisterte sie, als sprängen Funken heraus. Harte Zeiten damals, es ist lange her. Inzwischen war vieles in der Welt anders geworden, besser nicht, nur schwieriger, es gab zwar keine Drachen mehr, aber auch keine Wundertäter. Darum zeigte die Fahne auf der anderen Seite nur eine Scheibe mit dem Laubkranz, zum Zeichen, daß die Schützen noch immer gern schossen, wenn sie auch keine Kugel mehr zu gießen brauchten. Sie luden ihre Büchsen nur noch zur Freude der Leute und zur Ehre des Herrn, der sich ja selber nicht ungern mit Blitzen und Krachen vergnügt, wie jedes Donnerwetter bezeugt.

Rot war die Fahne der Feuerwehr, über und über mit Bändern behängt, die für Abwendung von Feuersnot gestiftet wurden, aus Dankbarkeit, manchmal freilich auch mit heimlichem Unwillen, denn es kommt nicht jedem gelegen, wenn der Übereifer vorzeitig wieder löscht, was die gütige Vorsehung mühsam zum Brennen gebracht hat.

Die Veteranen wiederum führten ein schwarzgelbes Banner, sie durften den doppelköpfigen Adler im Wappen zeigen. Der Kaiser erlaubte es ihnen, weil sie gewissermaßen noch immer in seinem Eid standen, so wie sie einander nach und nach zur letzten Ruhe brachten.

Alles in allem, und wenn man auch die geringeren Vereine noch mitzählte, die Sänger oder die Kegelbrüder, so gab es keinen rechtschaffenen Mann im Dorf, der nicht an irgendeinem Tag des Jahres hinter seiner Fahne gehen durfte und mit ihr zu Ehre und Ansehen kam. Seht, diese Freude muß man den Leuten lassen, man soll sie ihnen nicht vergrämen. Sie sind ja keine Narren deswegen. Nachher gehen sie doch wieder hinter dem Pflug und sitzen auf ihrem Schemel in der Werkstatt. Aber der Knecht oder der Schustergesell, dann und wann einmal will er den Werktag abstreifen, will seinen Federhut aus der Truhe holen, seinen Stutzen, und keinen Forstgehilfen zu scheuen haben. Das macht viel aus, denkt nur an die Weiber, wenn sie beim Umgang in kleinen Grüppchen an den Ecken stehen und den Ihren in der Reihe suchen, um ihn gleich der Nachbarin zu zeigen. Denn er sieht stattlich aus, obwohl er kein Auge zur Seite wendet, aus Stolz, und damit ihm nicht unterhalb die Beine aus dem Takt geraten. Selbst wenn einer gar nichts konnte, weder pfeifen noch blasen, so war es ihm doch wenigstens erlaubt, sich in Gottes Namen einen Gurt um den Leib zu schnallen und mit den Spritzenleuten zu gehen.

Pfeifen und Blasen, ja, wo bliebe das ganze heitere Wesen, der Glanz und die Fröhlichkeit ländlicher Feste, wenn es die Spielleute nicht gäbe!

Die Kunst, Musik zu machen, ist großer Ehren wert, denn sie ist ein Gottesgeschenk. Wunderbar genug, wenn man es recht bedenkt, es gibt nichts dergleichen in der geschaffenen Welt. Als Gott am Anfang den Geschöpfen ihre Stimmen zuteilte und in seiner Weisheit auch etliche stumm bleiben ließ, damit die andern jemand hätten, der ihnen zuhörte, da lehrte er die Löwen brüllen und die Vögel pfeifen, und dem Menschen erlaubte er beides, aber der war trotzdem nicht zufrieden. Er machte sich eine künstliche Kehle aus Blech und nannte sie Posaune, und dann gelang es ihm ja auch wirklich, Mauern damit umzuwerfen, wie die Schrift erzählt. Natürlich ist das nicht jedem gegeben, mancher könnte sein Leben daran wenden, er lernte so etwas nie. Was alles ist vonnöten, welche Behendigkeit des Geistes und der Glieder, um auch nur den Baß blasen zu lernen! Ich habe es in jungen Jahren auch einmal versucht, der Vater eiferte mich an, und wenn ich im Keller saß und übte, hörte er mir selber gerne zu, er war schwerhörig. Aber die Mutter verbat es sich schließlich. Irgend etwas, sagte sie, scheine ihr an meinem Spiel zu fehlen, aber eben das sei ihr zuviel.

Immerhin, die Liebe zur Musik ist mir zeitlebens geblieben, zu einer redlichen und handfesten Musik. Natürlich besuche ich auch ab und zu eines der neuzeitlichen Konzerte in der Stadt, das bin ich meinem Ansehen schuldig. Aber ich muß eingestehen, es wurde mir sauer genug, bis ich endlich dahinterkam, wie es die anderen damit hielten — daß sie nämlich in Wirklichkeit abwesend waren. Sie entfernten sich gleichsam heimlich wieder, und was im Sessel sitzen blieb, war gleichsam nur die äußere Hülle, mit einem verklärten Gesicht obenauf. Das lernte ich dann auch, und etliche unter den neueren Meistern müssen mir's verzeihen, daß ich auf solche Art schon manches Stück ihrer Kunst verschlafen habe. Es gelang ihnen zwar in der Regel leicht, mich mit der Gewalt der Töne wieder aufzuwecken, aber ich hatte doch hinterher nicht das Gefühl, es fehlte mir etwas.

So ein Marsch dagegen, einmal angefangen, schreitet er fort mit Naturgewalt und ist nicht mehr aufzuhalten, da fügt sich alles wohlgeordnet ineinander nach der hergebrachten Kunst und Regel, und jeder Ton ist unantastbar und gewissermaßen heilig wie das Wort im Paternoster.

Großartig, wenn zur Abendzeit die Musikanten auf den Dorfplatz rücken und sich im Kreis unter der Linde aufstellen! Jeder hat einen Buben mit dem Windlicht hinter sich stehen, denn es dämmert schon stark, es mag im Frühsommer sein, wenn die Luft schon warm ist und voll von erregenden Gerüchen. Rund herum sammeln sich die Zuhörer je nach Neigung und Gemütsart, die Sanfteren bei den Flöten, die Heißblütigen hinter den Hörnern, und nur die Verliebten bleiben im Dunkeln. Gepfiffen oder geblasen, ihnen ist es einerlei, wenn nur niemand darauf achtet, was auf den Hausbänken geschieht.

Ich wähle meinen Platz bei der Trommel, schon seit den Kindertagen stehe ich dort am liebsten. Damals verdroß es mich sehr, daß der Tambour so wenig Dank erntete, ich konnte das nicht verstehen. Ein Jahrmarkt von Geräten war um ihn herum aufgebaut, manchmal wußte er wirklich nicht, wonach er zunächst greifen sollte, nach Trommel oder Becken, Triangel oder Glockenspiel. Dabei war er so unverdrossen, und wenn er sich wirklich einmal einen Augenblick

Ruhe gönnte, schon warf der Kapellmeister einen bösen Blick nach ihm, und er mußte von neuem die Schlegel rühren. Am Ende aber, wenn alle Arbeit getan war, kam wieder nicht das wahre Verdienst zu Ehren, sondern der Kapellmeister blähte sich auf und dankte nach allen Seiten für den Beifall, er, der doch überhaupt keinen Ton von sich gegeben hatte.

Heute weiß ich ja, wie sich die Sache verhält. Aber dennoch, so oft mein guter Glaube an die Gerechtigkeit in der Welt zuschanden wird, fällt mir mein Trommler wieder ein und seine unbedankte Kunst.

Nun steigt der Kapellmeister inmitten der Runde auf ein Faß und mustert seine Leute. Man muß ihnen Zeit lassen, sich einzurichten, denn sie wollen ein schwieriges Stück zum besten geben, den „Auszug des Kriegers“. Noch einmal werden die Zungen der Klarinetten beleckt und die Rundstücke der Trompeten entleert, und der tiefe Baß muß sich eine Grube in den Boden scharren, damit er einen verläßlichen Stand hat und mit der Stiefelspitze den Takt klopfen kann. Er baut ja gleichsam das tragende Gerüst, an das die anderen nur ihren Zierat hängen.

Schließlich aber steht auch der letzte bereit und

für alles gerüstet. Der Kapellmeister hebt die Hand, er sieht aus, als wolle er noch ein beschwörendes Kreuz über dem Ganzen schlagen, und gleich darauf stimmen die Bläser ihre gemächliche Weise an. Vielleicht ist es so gemeint, daß der Krieger eben von der Arbeit heimkommt, man hört ihn pfeifen und den Feldweg entlang schlendern und in das Haus tappen. Dort findet er wohl die Frau am Herd und die Suppe auf dem Tisch, und eine Glocke läutet auch dazu, so friedlich ist der Feierabend.

Allein, schon grollt auch etwas Drohendes dazwischen, ein Hornruf mischt sich von fern darein. Sogleich läßt der Mann den Löffel fallen, er schiebt den Tisch von sich und horcht, der Krieger. Frau, sagt er, ich muß ins Feld ziehen. Bring mir meinen Säbel aus der Kammer!

Aber die Weiber! Es ist seltsam, jede will einen Helden zum Manne haben, und jede fängt zu heulen an, wenn er es einmal satt bekommt, immerfort auf der Bärenhaut zu liegen. Plötzlich schluchzt die Klarinette laut auf, das kann nur die Frau des Kriegers sein. Man sieht förmlich, wie sie sich an seinen Hals wirft und zum Steinerbarmen weint. Das nähme ein schlimmes Ende, wenn nicht der Kapellmeister dem Flügelhorn verstohlen einen Wink gäbe, damit es sich ins Mittel legt und etwas Tröstliches dazwischen sagt. Der Müllerbursch hält sich ja schon längst dazu bereit, niemand könnte diese Stelle so ergreifend blasen wie er. Die Lippen hat er schief zur Seite gezogen und seine Trompete an den Mundwinkel gesetzt, die Augen dreht er über sich, und die eine Wange wölbt sich kugelrund heraus, kein Mensch hielte es für möglich, daß dieser teuflischen Fratze so himmlische Töne zu entlocken wären.

Sei ruhig, sagt das Flügelhorn zur weinenden Frau, jede Kugel trifft ja nicht.

Mannhaft gesprochen, freilich, aber wüßte der Krieger, was der Kapellmeister weiß, daß er nämlich im nächsten Augenblick schon in eine mörderische Schlacht geraten wird, er wäre weniger großmäulig. Jetzt endlich kommt mein Freund zur Geltung, der Trommler, die ganze Zeit stand er da, mit dem Schlegel in der Hand, mit der brennenden Lunte sozusagen, und nun läßt er den Kanonendonner gewaltig rollen. Das Schützenfeuer knattert und knallt und ganze Salven prasseln darein, kein Wunder, daß da manchem der Atem versagt. Nur der Kapellmeister steht kaltblütig auf dem kippenden Faß und stößt hierhin und dorthin mit seinem Stock, wie mit einem Degen.

Aber es steht dahin, ob er die Schlacht noch retten wird. Denn ihm droht das Schlimmste, was einem Feldherrn zustoßen kann: die Mitte wankt! Es ist kein Zweifel mehr, die Posaunen bleiben zurück, das schwerfällige Fußvolk. Allein in diesem Augenblick der Verwirrung, während uns allen die Hoffnung zu schwinden scheint, richtet sich der Meister zu voller Größe auf. Noch gibt er nichts verloren, noch kann er das Becken ins Treffen führen. Unversehens rasselt es heran, nach allem, was ich von der Kriegskunst verstehe, muß das die Reiterei sein!

Und wahrhaftig, sie ist es, sie wirft sich in den Kampf. Grausig anzuhören, wie das klirrt und dröhnt, furchtbar das Wiehern der Klarinetten, das Schnauben der Hörner und das Hufgestampf der Bässe. Nur meinen Freund, den Trommler, rührt das alles gar nicht an. Unbarmherzig löst er Schuß auf Schuß aus seinem schweren Geschütz, einerlei wen es trifft, Freund oder Feind, das war schon immer so bei den Kanonieren.

Und wirklich wendet sich das Glück. Allen Lärm übertönend bläst der Hornist zum Sammeln.

Allmählich finden sich alle wieder ein, gottlob, auch die Posaunen sind da, außer Atem keuchen sie herbei und treten in das Glied.

Ja, Hut ab zum Gebet! Vorüber ist die mörderische Schlacht, nun lege jeder die Hände ineinander und gönne sich einen Augenblick der Besinnung, ehe das Trio beginnt. Der Abend kommt, das Biwak auf der Walstatt.

Jetzt zieht der Krieger den Mantel über sich und streckt die müden Glieder zum Schlafe aus. In seinen Traum mischt sich das Lied der Kameraden, die noch am Feuer sitzen und singen. Der Müllerbursch schiebt sich ein wenig aus der Reihe, er spielt fast ganz allein und ergreifend schön diese Weise von der Heimat und von dem Mädchen, das dort wartet, und der Kapellmeister verschmäht es nicht, zu ihm zu treten und mit dem Waldhorn die Terz dazwischen zu blasen. Die Klarinetten mischen sich hinein, es flüstert und flötet wie von Engelszungen. Noch einmal steigt der Meister auf das Faß und hebt die Hand, damit nicht einem von den Bässen ein unzeitiges Schnarchen entschlüpfe, oder um den allerletzten Ton gleichsam aus der Luft wegzufangen und an sich zu reißen, falls einer übrigbliebe.

Aber heiter und freundlich endet der Gesang

der Bläser, freundlich der Traum des Kriegers nach der Schlacht. Gott helfe ihm, daß er bald heimkehren und wieder an seinem friedlichen Herd sitzen darf, er und wir alle!

WAGGERL LIEST WAGGERL

4 Schallplatten mit Texten aus Werken des Dichters, gelesen von ihm selbst.

Liebe Dinge

6 Erzählungen aus dem gleichnamigen Buch mit Zwischenmusik aus dem 16. Jahrhundert auf alten Instrumenten. 30 cm.

Und es begab sich

Weihnachtsgeschichten mit Zwischenmusik von G. Ph. Telemann. 25 cm.

Der Österreicher

2. Seite: Über das Vorlesen. 17 cm.

Die Schöpfung

Aus den „Kalendergeschichten". 25 cm.

KARL HEINRICH WAGGERL

Blick in die Werkstatt

Mit dem Faksimile der Handschrift des Romans „Das Jahr des Herrn“ und einer Studie von Johannes Urzidil „Einfall und Planung im literarischen Schaffen“.

Es war ein besonderer Wunsch Waggerls, die Originalhandschrift seines Romans „Das Jahr des Herrn“, die er seinerzeit seinem ersten Verleger Kippenberg dediziert hatte, noch einmal zu sehen. Dieses Manuskript — das Wort noch ganz in buchstäblichem Sinne zu nehmen — ist wirklich ein Unikat von ungewöhnlicher Originalität und eine Kostbarkeit, die jeden Freund der Waggerlschen Dichtung besonders erfreuen muß. Denn auf nicht ganz 22, allerdings großformatigen Seiten, ist ein ganzer Roman niedergeschrieben, der im Druck rund 250 Seiten umfaßt. Auf diesen Blättern kann man die Vermerke des Dichters genau verfolgen, und man erinnert sich an dessen Ausführungen zur Entstehung des Romans, die ja wirklich einen aufschlußreichen „Blick in die Werkstatt“ geben. Deshalb hat der Verlag diesen Essay dem Faksimile beigefügt.

Johannes Urzidil stellte seine noch unveröffentlichte, glänzende Studie „Einfall und Planung im literarischen Schaffen“ zur Verfügung, die, ganz unabhängig und ohne Kenntnis des Waggerlschen Essays entstanden, doch nach Urzidils eigenen Worten mit Waggerls Ausführungen weitgehend koinzidiert.

So entstand für die große Gemeinde des Dichters eine bibliophile Kostbarkeit.

OTTO MÜLLER VERLAG SALZBURG